Auto da Compadecida

Ariano Suassuna

Ilustrações de
Manuel Dantas Suassuna

Edição XLIIII

EDITORA
NOVA
FRONTEIRA

Editora Nova Fronteira Participações S.A.
Avenida Rio Branco, 115, Salas 1201 a 1205 – Centro – 20040-004
Rio de Janeiro – RJ – Brasil
Tel.: (21) 3882-8200

Ilustração da capa: Manuel Dantas Suassuna

Dados Internacionais de Catalogação na Publicação (CIP)

S939a Suassuna, Ariano

Auto da Compadecida / Ariano Suassuna; Ilustração Manuel Dantas Suassuna. - 44ª ed. - Rio de Janeiro: Nova Fronteira, 2024.
208 p.; 13,6 x 21 cm; (Coleção de autor)

ISBN: 978-65-5640-075-4

1. Literatura brasileira . I. Título

CDD: B869
CDU: 821.134.3(81)

André Queiroz – CRB-4/2242

A Hermilo Borba Filho, José Laurenio de Melo, Gastão de Holanda, Aloísio Magalhães, Orlando da Costa Ferreira e Flaminio Bollini Cerri, com toda a minha amizade.

A.S.

Sumário

Prefácio 9

Auto da Compadecida 15

Tradição Popular e Recriação no *Auto da Compadecida* 193

Nota Biobibliográfica 203

Prefácio

Henrique Oscar

O grande acontecimento do Primeiro Festival de Amadores Nacionais, realizado em janeiro de 1957, no Rio de Janeiro, por iniciativa da Fundação Brasileira de Teatro, foi a representação pelo Teatro Adolescente do Recife, sob a direção de Clênio Wanderley, do *Auto da Compadecida*, de Ariano Suassuna. Se a interpretação era boa, considerado aquilo que se pode exigir de um grupo amador novo e constituído de elementos jovens e, portanto, até certo ponto inexperientes, o que, por outro lado, tinha a vantagem de dar ao espetáculo um tom de simplicidade, de despojamento, de espontaneidade, que correspondia ao espírito da peça e se enquadrava no estilo de apresentação que mais lhe convinha, a verdade é que foi o texto em si o causador do entusiasmo despertado.

Suassuna diz que sua obra se baseia nos romances e histórias populares do Nordeste, os quais, devemos confessar, desconhecemos totalmente. Por nosso lado, encontramos em "A Compadecida" um parentesco com gêneros mais antigos, de outras épocas e regiões que, todavia, devem ter sido de algum modo a origem remota daqueles que a inspiraram. Enquadramo-la, inicialmente, na tradição das peças da Alta Idade Média, geralmente designadas como *Os Milagres de Nossa Senhora* (do séc. XIV), em que, numa história mais ou menos — e às vezes muito — profana, o herói em dificuldades apela para Nossa Senhora, que comparece e o salva, tanto no plano espiritual como no temporal.

Quanto à forma e ao tratamento, nossa tendência é para aproximar a obra dos autos de Gil Vicente e do teatro espanhol do séc. XVII. Também lhe encontramos algo em comum com a *commedia dell'arte*, tanto no desenvolvimento da ação como na concepção das personagens, particularmente na figura de João Grilo, que lembra muito as características do "arlequim", embora seja um tipo autenticamente brasileiro e não copiado da tradição italiana, mesmo porque é figura lendária da literatura popular nordestina, tanto que é herói de dois romances intitulados *As Proezas de João Grilo*.

Desta vez, porém, a aproximação de um texto brasileiro com formas e até temas dos grandes gêneros da história do teatro não é apontada como defeito, pois não houve cópia, imitação servil ou mera transposição, mas autêntica recriação em termos brasileiros, tanto pela ambientação como pela estruturação, sendo uma obra inédita em suas características, nova e, portanto, absolutamente original.

O seu encanto está nesse ar de ingenuidade que a caracteriza, na singeleza dos recursos empregados, no primarismo do argumento, tudo a nosso ver perfeitamente dentro do espírito popular em que a obra se inspira e que quer manter.

A linguagem desabrida não deve chocar ninguém. É a das personagens e do ambiente retratados. Em Gil Vicente encontramos coisas muito piores. Com expressões por vezes rudes e outras pitorescas, o autor conseguiu um diálogo eminentemente teatral, vivo e saboroso, colorido e descritivo, popular sem ser vulgar e paradoxalmente literário, nada tendo de precioso ou alantejoulado. E essa pseudogrosseria e o jeito direto de indicar situações ou comentá-las não lhe tiram o sentido cristão que lhe encontramos. É preciso não esquecer que se quis evocar uma representação de circo, uma farsa muito marcada, portanto, em que a caricatura tinha de ser forte. Quanto à maneira como são apresentados o bispo e o padre, além do que ficou dito acima, forçoso é reconhecer não ser absurdo admitir a existência de maus sacerdotes. O próprio autor, ao agradecer as manifestações que lhe foram feitas no fim da última representação de sua peça, no Teatro Dulcina, reafirmou o sentido católico da mesma, lembrando, a propósito de sua personagem, o famoso bispo Cauchon, que se fez instrumento da política dos ingleses, queimando na fogueira sua compatriota Joana d'Arc, do que resultou venerar a Igreja uma santa por ela própria martirizada. E foi, até, falando dessa figura, se não nos enganamos, que Georges Bernanos disse que a Igreja eram os seus santos e não os seus padres...

Além do mais, no julgamento — verdadeira chave para a compreensão do sentido da peça — Nossa Senhora explica que a visão que dessas figuras nos é dada é a da língua do mundo, portanto piorada, do mesmo modo que pela acusação do diabo. E um ponto importante, nesse particular, é o fato de, ao lado dos dois maus padres, ser colocado um bom, o frade, secretário do bispo, cujo processo de santificação se anuncia. A apresentação da figura de modo um tanto caricatural não nos deve fazer incidir em equívoco. O tom é o da peça e — note-se — dele são excluídos o Cristo e Nossa Senhora. No mais, o frade sugere, um pouco à maneira como Roberto Rossellini concebeu São Francisco e seus companheiros no famoso filme *Francisco, Arauto de Deus,* a pureza angelical, a santidade, o desligamento das coisas do mundo, do modo como é indicado no v. 3 do cap. 18 do Evangelho segundo São Mateus: tornar-se igual às crianças para poder entrar no reino do céu.

O sentido moralizante, moralizante do ponto de vista cristão, da obra, está aliás presente tanto na sua linha geral, como em inúmeros de seus pormenores, que não seria possível evocar aqui. É lógico, porém, que não contém profundas discussões teológicas, nem faz propriamente apologética, o que seria absurdo. O seu apostolado é feito através da sugestão de um espírito cristão, de uma visão cristã da vida, apresentada com a simplicidade do espírito popular, da fé simples, sem complicações, do povo, quase sempre a mais autêntica.

Não queremos silenciar sobre uma fala que tem sido muito discutida. Quando João Grilo se espanta ao ver o Cristo negro, este responde que veio assim para mostrar que para ele tanto faz ser branco como preto, uma vez que não é "americano para ter preconceito de cor".

Ora, em primeiro lugar, durante a guerra houve bases americanas no Nordeste, cujo ambiente e mentalidade a peça evoca.

Possivelmente seus ocupantes, com a inabilidade característica que manifestam no trato com outros povos, deram abundantes provas desse seu lamentável sentimento. Portanto, a repulsa pode ali ser suficientemente forte, para que o autor se sentisse levado a trazê-la para sua peça. Em segundo lugar, esse preconceito realmente revolta, como um dos sentimentos mais anticristãos que possam existir; a sua presença — com a sabida intensidade — num povo que é ou pelo menos pretende ser um paladino da liberdade e da democracia é algo que clama aos céus.

Noutro trecho da cena do julgamento, quando João Grilo procura recorrer a mais uma esperteza, para livrar-se da acusação do diabo, Cristo o adverte: "Deixe de chicana, João. Você pensa que isto aqui é o Palácio da Justiça?"

Tanto depois dessa réplica, como da referente ao preconceito de cor — das três vezes em que vimos a peça no Dulcina — o povo prorrompia em aplausos. Era a emoção irresistível de sentir o Cristo do seu lado, pois a Justiça, infelizmente como é praticada, sufocada por formalismos e complicações que possibilitam a deturpação de seus verdadeiros objetivos, é antes uma ameaça que uma garantia, aos olhos do povo.

Acusa ainda o Cristo o diabo de ter a "mania de ser mágico". Esses e outros trechos do Cristo e de Nossa Senhora dão uma concepção da religião como algo simples, agradável, doce e não como uma coisa formal, solene, difícil e mesmo penosa. Essa intimidade com Deus, e a ideia da simplicidade nas relações dele com os homens, essa compreensão da vida e fé na misericórdia, nos parecem aspectos primordiais no sentido religioso da obra, sobre o qual muito haveria que dizer, não nos tivéssemos já alongado demais. Por isso, limitemo-nos a lembrar a compreensão das faltas humanas, atribuída a Nossa Senhora, que, como mulher, simples e do povo, as explica e pede para elas a compaixão divina. Mesmo para aqueles que "praticaram atos vergonhosos", pois "é preciso levar em contra a pobre e triste condição do homem". "A carne implica todas essas coisas turvas e mesquinhas". Levados pelo medo, "os homens terminam por fazer o que não presta, quase sem querer". E como o diabo — por nunca ter sido homem — não entende o que é o medo, as personagens explicam que é o medo da fome, do sofrimento, da morte e da solidão. Por medo desta o padeiro tudo perdoava à mulher. Essa solidão que o próprio Cristo viveu em Getsêmani e a sensação de abandono que sentiu na Cruz.

De tudo o que ficou dito, o leitor concluirá que é um programa da humanidade, com suas misérias, suas fraquezas, mas também suas razões de consolo e esperança, que "A Compadecida" evoca. É esse, justamente, o grande mérito do autor e a evidência da qualidade de sua obra: ter conseguido, a partir de uma situação local, regional, típica mesmo, compor um quadro de significação universalmente válida.

O Diabo

Lá vem a Compadecida!
Mulher em tudo se mete!

Maria

Meu filho, perdoe esta alma,
tenha dela compaixão!
Não se perdoando esta alma,
faz-se é dar mais gosto ao cão:
por isto absolva ela,
lançai a vossa bênção.

Jesus

Pois minha mãe leve a alma,
leve em sua proteção.
Diga às outras que a recebam,
façam com ela união.
Fica feito o seu pedido,
dou a ela a salvação.

O Castigo da Soberba

Obra popular recolhida por Leonardo Mota junto ao cantador Anselmo Vieira de Sousa (1867-1926).

Mandou chamar o vigário:
— Pronto! — o vigário chegou.
— Às ordens, Sua Excelência!
O Bispo lhe perguntou:
— Então, que cachorro foi
que o reverendo enterrou?
— Foi um cachorro importante,
animal de inteligência:
ele, antes de morrer,
deixou a Vossa Excelência
dois contos de réis em ouro.
Se eu errei, tenha paciência.
— Não errou não, meu vigário,
você é um bom pastor.
Desculpe eu incomodá-lo,
a culpa é do portador!
Um cachorro como esse,
se vê que é merecedor!

O Enterro do Cachorro
Fragmento de *O Dinheiro*,
de Leandro Gomes de Barros (1865-1918).

Foi na venda e de lá trouxe
três moedas de cruzado,
sem dizer nada a ninguém,
para não ser censurado:
no fiofó do cavalo
fez o dinheiro guardado.
(...)
Disse o pobre: — "Ele está magro,
só tem o osso e o couro,
porém, tratando-se dele,
meu cavalo é um tesouro.
Basta dizer que defeca
níquel, prata, cobre e ouro."

História do Cavalo que Defecava Dinheiro
Obra popular recolhida por Leonardo Mota.

O *Auto da Compadecida* foi encenado pela primeira vez a 11 de setembro de 1956, no Teatro Santa Isabel, pelo Teatro Adolescente do Recife, sob direção de Clênio Wanderley, sendo os papéis criados pelos seguintes atores:

PALHAÇO *José Pinheiro*

JOÃO GRILO *Ricardo Gomes*

CHICÓ *Clênio Wanderley*

PADRE JOÃO *Sandoval Cavalcânti*

ANTÔNIO MORAES *José de Souza Pimentel*

SACRISTÃO *Alberique Farias*

PADEIRO *Luís Mendonça*

MULHER DO PADEIRO *Nina Elva*

BISPO *Eutrópio Gonçalves*

FRADE *Mário Boavista*

SEVERINO DO ARACAJU *Otávio Catanho*

CANGACEIRO *Artur Rodrigues*

DEMÔNIO *Mário Boavista*

O ENCOURADO (O DIABO) *José de Souza Pimentel*

MANUEL (NOSSO SENHOR JESUS CRISTO) *José Gonçalves*

A COMPADECIDA (NOSSA SENHORA) *Maria do Socorro Raposo Meira*

A 11 de março de 1957, a peça foi encenada em São Paulo pelo "Studio Teatral", sob direção de Hermilo Filho, no Teatro Natal, sendo os papéis representados pelos seguintes atores:

PALHAÇO *José Pinheiro*

JOÃO GRILO *Armando Bogus*

CHICÓ *Nélson Duarte*

PADRE JOÃO *Felipe Carone*

ANTÔNIO MORAES *Teotônio Pereira*

SACRISTÃO *Samuel dos Santos*

PADEIRO *Taran Dach*

MULHER DO PADEIRO *Cici Pinheiro*

BISPO *Thales Maia*

FRADE *Ângelo Diaz*

SEVERINO DO ARACAJU *Renato Master*

CANGACEIRO *Jorge Nader*

DEMÔNIO *Milton Gonçalves*

O ENCOURADO (O DIABO) *Dalmo Ferreira*

MANUEL (NOSSO SENHOR JESUS CRISTO) *Milton Ribeiro*

A COMPADECIDA (NOSSA SENHORA) *Córdula Reis*

Auto da Compadecida

O *Auto da Compadecida* foi escrito com base em romances e histórias populares do Nordeste. Sua encenação deve, portanto, seguir a maior linha de simplicidade, dentro do espírito em que foi concebido e realizado. O cenário (usado na encenação como um picadeiro de circo, numa ideia excelente de Clênio Wanderley, que a peça sugeria) pode apresentar uma entrada de igreja à direita, com uma pequena balaustrada ao fundo, uma vez que o centro do palco representa um desses pátios comuns nas igrejas das vilas do interior. A saída para a cidade é à esquerda e pode ser feita através de um arco. Nesse caso, seria conveniente que a igreja, na cena do julgamento, passasse a ser a entrada do céu e do purgatório. O trono de Manuel, ou seja, Nosso Senhor Jesus Cristo, poderia ser colocado na balaustrada, erguida sobre um praticável servido por escadarias. Mas tudo isso fica a critério do encenador e do cenógrafo, que podem montar a peça com dois cenários, sendo um para o começo e outro para a cena do julgamento, ou somente com cortinas, caso em que se imaginará a igreja fora do palco, à direita, e a saída para a cidade à esquerda, organizando-se a cena para o julgamento através de simples cadeiras de espaldar alto, com saída para o inferno à esquerda e saída para o purgatório e para o céu à direita. Em todo caso, o autor gostaria de deixar claro que seu teatro é mais aproximado dos espetáculos de circo e da tradição popular do que do teatro moderno. Agradece ainda o autor a seus amigos Jean Louis Marfaing, José Paulo Moreira da Fonseca e Henrique Oscar as críticas que fizeram ao quadro final da peça e que resultaram em sua modificação para a forma em que vai finalmente escrita aqui.

Ao abrir o pano, entram todos os atores, com exceção do que vai representar Manuel, como se se tratasse de uma tropa de saltimbancos, correndo, com gestos largos, exibindo-se ao público. Se houver algum ator que saiba caminhar sobre as mãos, deverá entrar assim. Outro trará uma corneta, na qual dará um alegre toque, anunciando a entrada do grupo. Há de ser uma entrada festiva, na qual as mulheres dão grandes voltas e os atores agradecerão os aplausos, erguendo os braços, como no circo. A atriz que for desempenhar o papel de Nossa Senhora deve vir sem caracterização, para deixar bem claro que, no momento, é somente atriz. Imediatamente após o toque de clarim, o Palhaço anuncia o espetáculo.

PALHAÇO

(*Grande voz.*) Auto da Compadecida! O julgamento de alguns canalhas, entre os quais um sacristão, um padre e um bispo, para exercício da moralidade.

Toque de clarim.

PALHAÇO

A intervenção de Nossa Senhora no momento propício, para triunfo da misericórdia. Auto da Compadecida!

Toque de clarim.

A COMPADECIDA

A mulher que vai desempenhar o papel desta excelsa Senhora declara-se indigna de tão alto mister.

Toque de clarim.

PALHAÇO

Ao escrever esta peça, onde combate o mundanismo, praga de sua igreja, o autor quis ser representado por um palhaço, para indicar que sabe, mais do que ninguém, que sua alma é um velho catre, cheio de insensatez e de solércia. Ele não tinha o direito de tocar nesse tema, mas ousou fazê-lo, baseado no espírito popular de sua gente, porque acredita que esse povo sofre e tem direito a certas intimidades.

Toque de clarim.

PALHAÇO

Auto da Compadecida! O ator que vai representar Manuel, isto é, Nosso Senhor Jesus Cristo, declara-se também indigno de tão alto papel, mas não vem agora, porque sua aparição constituirá um grande efeito teatral e o público seria privado desse elemento de surpresa.

Toque de clarim.

PALHAÇO

Auto da Compadecida! Uma história altamente moral e um apelo à misericórdia.

JOÃO GRILO

Ele diz "à misericórdia", porque sabe que, se fôssemos julgados pela justiça, toda a nação seria condenada.

PALHAÇO

Auto da Compadecida! (*Cantando.*) Tombei, tombei, mandei tombar!

ATORES

(*Respondendo ao canto.*) Perna fina no meio do mar.

PALHAÇO

Oi, eu vou ali e volto já.

ATORES

(*Saindo.*) Oi, cabeça de bode não tem que chupar.

PALHAÇO

O distinto público imagine à sua direita uma igreja, da qual o centro do palco será o pátio. A saída para a rua é à sua esquerda. O resto é com os atores.

Aqui pode-se tocar uma música alegre e o Palhaço sai dançando. Uma pequena pausa e entram Chicó *e* João Grilo.

João Grilo

E ele vem mesmo? Estou desconfiado, Chicó. Você é tão sem confiança!

Chicó

Eu, sem confiança? Que é isso, João, está me desconhecendo? Juro como ele vem. Quer benzer o cachorro da mulher pra ver se o bicho não morre. A dificuldade não é ele vir, é o padre benzer. O bispo está aí e Padre João não vai benzer o cachorro.

João Grilo

Não vai benzer? Por quê? Que é que um cachorro tem de mais?

Chicó

Bom, eu digo assim porque sei como esse povo é cheio de coisas, mas não é nada de mais. Eu mesmo já tive um cavalo bento.

João Grilo

Que é isso, Chicó? (*Passa o dedo na garganta.*) Já estou ficando por aqui com suas histórias. É sempre uma coisa toda esquisita. Quando se pede uma explicação, vem sempre com "não sei, só sei que foi assim".

CHICÓ

Mas se eu tive mesmo o cavalo, meu filho, o que é que eu vou fazer? Vou mentir, dizer que não tive?

JOÃO GRILO

Você vem com uma história dessas e depois se queixa porque o povo diz que você é sem confiança.

CHICÓ

Eu, sem confiança? Antônio Martinho está aí pra dar as provas do que eu digo.

JOÃO GRILO

Antônio Martinho? Faz três anos que ele morreu.

CHICÓ

Mas era vivo quando eu tive o bicho.

JOÃO GRILO

Quando você teve o bicho? E foi você quem pariu o cavalo, Chicó?

CHICÓ

Eu não. Mas do jeito que as coisas vão, não me admiro mais de nada. No mês passado uma mulher pariu um, na serra do Araripe, para os lados do Ceará.

JOÃO GRILO

Isso é coisa da seca. Acaba nisso, essa fome: ninguém pode ter menino e haja cavalo no mundo. A comida é mais barata e é coisa que se pode vender. Mas seu cavalo, como foi?

CHICÓ

Foi uma velha que me vendeu barato, porque ia se mudar, mas recomendou todo cuidado, porque o cavalo era bento. E só podia ser mesmo, porque cavalo bom como aquele eu nunca tinha visto. Uma vez corremos atrás de uma garrota, das seis da manhã até as seis da tarde, sem parar nem um momento, eu a cavalo, ele a pé. Fui derrubar a novilha já de noitinha, mas quando acabei o serviço e enchocalhei a rês, olhei ao redor, e não conhecia o lugar em que estávamos. Tomei uma vereda que havia assim e saí tangendo o boi...

JOÃO GRILO

O boi? Não era uma garrota?

CHICÓ

Uma garrota e um boi.

JOÃO GRILO

E você corria atrás dos dois de uma vez?

CHICÓ

(*Irritado.*) Corria, é proibido?

JOÃO GRILO

Não, mas eu me admiro é eles correrem tanto tempo juntos, sem se apartarem. Como foi isso?

CHICÓ

Não sei, só sei que foi assim. Saí tangendo os bois e de repente avistei uma cidade. Você sabe que eu comecei a correr da ribeira do Taperoá, na Paraíba. Pois bem, na entrada da rua perguntei a um homem onde estava e ele me disse que era Propriá, de Sergipe.

João Grilo

Sergipe, Chicó?

Chicó

Sergipe, João. Eu tinha corrido até lá no meu cavalo. Só sendo bento mesmo!

João Grilo

Mas Chicó, e o rio São Francisco?

Chicó

Só podia estar seco nesse tempo, porque não me lembro quando passei... E nesse tempo todo o cavalo ali comigo, sem reclamar nada!

João Grilo

Eu me admirava era se ele reclamasse.

Chicó

É por causa dessas e de outras que eu não me admiro mais de nada, João. Cachorro bento, cavalo bento, tudo isso eu já vi.

João Grilo

Quer dizer que você acha que o homem vem?

Chicó

Só pode vir. É o único jeito que ele tem a dar. A mulher disse que vai largá-lo, se o cachorro morrer. O doutor diz que não sabe o que é que o bicho tem, o jeito agora é apelar para o padre. Hora de se chamar padre é a hora da morte, ele tem de vir. Padre João! Padre João!

PADRE

(*Aparecendo na igreja.*) Que há? Que gritaria é essa?

Fala afetadamente com aquela pronúncia e aquele estilo que Leon Bloy chamava "sacerdotais".

CHICÓ

Mandaram avisar para o senhor não sair, porque vem uma pessoa aqui trazer um cachorro que está se ultimando para o senhor benzer.

PADRE

Para eu benzer?

CHICÓ

Sim.

PADRE

(*Com desprezo.*) Um cachorro?

CHICÓ

Sim.

PADRE

Que maluquice! Que besteira!

JOÃO GRILO

Cansei de dizer a ele que o senhor não benzia. Benze porque benze, vim com ele.

PADRE

Não benzo de jeito nenhum.

CHICÓ

Mas padre, não vejo nada de mal em se benzer o bicho.

JOÃO GRILO

No dia em que chegou o motor novo do Major Antônio Moraes o senhor não benzeu?

PADRE

Motor é diferente, é uma coisa que todo mundo benze. Cachorro é que eu nunca ouvi falar.

CHICÓ

Eu acho cachorro uma coisa muito melhor do que motor.

PADRE

É, mas quem vai ficar engraçado sou eu, benzendo o cachorro. Benzer motor é fácil, todo mundo faz isso; mas benzer cachorro?

JOÃO GRILO

É, Chicó, o padre tem razão. Quem vai ficar engraçado é ele e uma coisa é benzer o motor do Major Antônio Moraes e outra é benzer o cachorro do Major Antônio Moraes.

PADRE

(*Mão em concha no ouvido.*) Como?

JOÃO GRILO

Eu disse que uma coisa era o motor e outra o cachorro do Major Antônio Moraes.

PADRE

E o dono do cachorro de quem vocês estão falando é Antônio Moraes?

JOÃO GRILO

É. Eu não queria vir, com medo de que o senhor se zangasse, mas o Major é rico e poderoso e eu trabalho na mina dele. Com medo de perder meu emprego, fui forçado a obedecer; mas disse a Chicó: o padre vai se zangar.

PADRE

(*Desfazendo-se em sorrisos.*) Zangar nada, João! Quem é um ministro de Deus para ter direito de se zangar? Falei por falar, mas também vocês não tinham dito de quem era o cachorro!

JOÃO GRILO

(*Cortante.*) Quer dizer que benze, não é?

PADRE

(*A CHICÓ.*) Você o que é que acha?

CHICÓ

Eu não acho nada de mais!

PADRE

Nem eu. Não vejo mal nenhum em se abençoar as criaturas de Deus!

JOÃO GRILO

Então fica tudo na paz do Senhor, com cachorro benzido e todo mundo satisfeito.

PADRE

Digam ao Major que venha. Eu estou esperando.

Entra na igreja.

CHICÓ

Que invenção foi essa de dizer que o cachorro era do Major Antônio Moraes?

JOÃO GRILO

Era o único jeito do padre prometer que benzia. Tem medo da riqueza do Major que se pela. Não viu a diferença? Antes era "Que maluquice, que besteira!", agora "Não vejo mal nenhum em se abençoar as criaturas de Deus!"

CHICÓ

Isso não vai dar certo! Você já começa com suas coisas, João! E havia necessidade de inventar que era empregado de Antônio Moraes?

JOÃO GRILO

Meu filho, empregado do Major e empregado de um amigo do Major é quase a mesma coisa. O padeiro vive dizendo que é amigo do homem, de modo que a diferença é muito pouca. Além disso, eu podia perfeitamente ter sido mandado pelo Major, porque o filho dele está doente e pode até precisar do padre.

CHICÓ

João, deixe de agouro com o menino, que isso pode se virar por cima de você!

JOÃO GRILO

E você deixe de conversa! Nunca vi homem mais mole do que você, Chicó. O padeiro mandou você arranjar o padre pra benzer o cachorro e eu arranjei sem ter sido mandado. Que é que você quer mais?

CHICÓ

Ih, olha como isso está pegado com o patrão! Faz gosto um empregado dessa qualidade.

JOÃO GRILO

Muito pelo contrário, ainda hei de me vingar do que ele e a mulher me fizeram quando estive doente. Três dias passei em cima de uma cama pra morrer e nem um copo d'água me mandaram. Mas fiz esse trabalho com gosto, somente porque é pra enganar o padre. Não vou com aquela cara.

CHICÓ

Com qual? Com a do padre?

JOÃO GRILO

Com as duas. Estou acertando as contas com o padre, a qualquer hora acerto com o patrão! Eu conheço o ponto fraco do homem, Chicó!

CHICÓ

Qual é?

João Grilo

Chicó, deixe de ser hipócrita, que você sabe.

Chicó

Juro que não sei, João.

João Grilo

É a mulher, Chicó, e você sabe muito bem disso. Você mesmo sabe que a mulher dele...

Chicó

João, fale baixo, que o padre pode ouvir. Essas coisas num instante se espalham!

João Grilo

Deixe de besteira, Chicó, todo mundo já sabe que a mulher do padeiro engana o marido!

Chicó

João, danado, ou você fala baixo ou eu esgano você já, já.

João Grilo

Mas todo mundo não sabe mesmo?

Chicó

Sabe, mas não sabe que foi comigo, entendeu? E mesmo ela já me deixou por outro! Uma vez, João, e não posso me esquecer dela. Mas não quer mais nada comigo.

João Grilo

Nem pode querer, Chicó. Você é um miserável que não tem nada e a fraqueza dela é dinheiro e bicho. Ela não o teria deixado se você fosse rico. Nasceu pobre, enriqueceu com o negócio da padaria e agora só pensa nisso. Mas eu hei de me vingar dela e do marido de uma vez.

CHICÓ

Por que essa raiva dela?

JOÃO GRILO

Ó homem sem vergonha! Você inda pergunta? Está esquecido de que ela deixou você? Está esquecido da exploração que eles fazem conosco naquela padaria do inferno? Pensam que são o Cão só porque enriqueceram, mas um dia hão de me pagar. E a raiva que eu tenho é porque quando estava doente, me acabando em cima de uma cama, via passar o prato de comida que ela mandava pr'o cachorro. Até carne passada na manteiga tinha. Pra mim nada, João Grilo que se danasse. Um dia eu me vingo!

CHICÓ

João, deixe de ser vingativo que você se desgraça! Qualquer dia você inda se mete numa embrulhada séria!

JOÃO GRILO

E o que é que tem isso? Você pensa que eu tenho medo? Só assim é que posso me divertir. Sou louco por uma embrulhada!

CHICÓ

Permita então que eu lhe dê meus parabéns, João, porque você acaba de se meter numa danada.

JOÃO GRILO

Eu? Que há?

CHICÓ

O Major Antônio Moraes vem subindo a ladeira. Certamente vem procurar o padre.

JOÃO GRILO

Ave-Maria! Que é que se faz, Chicó?

CHICÓ

Não sei, não tenho nada a ver com isso! Você, que inventou a história e que gosta de embrulhada, que resolva!

JOÃO GRILO

Cale a boca, besta! Não diga uma palavra, deixe tudo por minha conta. (*Vendo ANTÔNIO MORAES no limiar, esquerda.*) Ora viva, seu Major Antônio Moraes, como vai Vossa Senhoria? Veio procurar o padre? (*ANTÔNIO MORAES, silencioso e terrível, encaminha-se para a igreja mas João toma-lhe a frente.*) Se Vossa Senhoria quer, eu vou chamá-lo. (*ANTÔNIO MORAES afasta JOÃO do caminho com a bengala, encaminhando-se de novo para a igreja. JOÃO, aflito, dá a volta, tomando-lhe a frente e fala, como último recurso.*) É que eu queria avisar, pra Vossa Senhoria não ficar espantado: o padre está meio doido.

ANTÔNIO MORAES

(*Parando.*) Está doido? O padre?

JOÃO GRILO

(*Animando-se.*) Sim, o padre! Está dum jeito que não respeita mais ninguém e com mania de benzer tudo. Vim dar um recado a ele, mandado por meu patrão, e ele me recebeu muito mal, apesar de meu patrão ser quem é.

ANTÔNIO MORAES

E quem é seu patrão?

JOÃO GRILO

O padeiro! Pois ele chamou o patrão de cachorro e disse que apesar disso ia benzê-lo.

ANTÔNIO MORAES

Que loucura é essa?

JOÃO GRILO

Não sei, é a mania dele, agora. Benze tudo e chama a gente de cachorro.

ANTÔNIO MORAES

Isso foi porque era com seu patrão. Comigo é diferente.

JOÃO GRILO

Vossa Senhoria me desculpe, mas eu penso que não.

Antônio Moraes

Você pensa que não?

João Grilo

Penso, sim. E digo isso porque ouvi o padre dizer: "Aquele cachorro, só porque é amigo de Antônio Moraes, pensa que é alguma coisa."

Antônio Moraes

Que história é essa? Você tem certeza?

João Grilo

Certeza plena. Está doidinho, o pobre do padre!

Antônio Moraes

Pois vamos esclarecer a história, porque alguém vai pagar essa brincadeira! Quanto à mania de benzer, não faz mal, ela me será até útil. Meu filho mais moço está doente e vai pra o Recife, tratar-se. Tem uma verdadeira mania de igreja e não quer ir sem a bênção do padre. Mas fique certo de uma coisa: hei de esclarecer tudo, e se você está com brincadeiras pra meu lado, há de se arrepender. Padre João! Padre João!

Sai pela direita. No mesmo instante, Chicó tenta fugir, mas João agarra-o pelo pescoço.

João Grilo

Não, você fica comigo! Vim encomendar a bênção do cachorro por sua causa e você tem de ficar. E mesmo,

Chicó, você já está acostumado com essas coisas, já teve até um cavalo bento!

CHICÓ

É, mas acontece que o Major Antônio Moraes pode ter alguma coisa de cavalo, de bento é que ele não tem nada!

JOÃO GRILO

Deixe de ser frouxo e fique aqui!

ANTÔNIO MORAES

(*Voltando.*) Ah, padre, estava aí? Procurei-o por toda parte.

PADRE

(*Da igreja.*) Ora quanta honra! Uma pessoa como Antônio Moraes na igreja! Há quanto tempo esses pés não cruzam os umbrais da casa de Deus!

ANTÔNIO MORAES

Seria melhor dizer logo que faz muito tempo que não venho à missa!

PADRE

Qual o quê, eu sei de suas ocupações, de sua saúde...

ANTÔNIO MORAES

Ocupações? O senhor sabe muito bem que não trabalho e que minha saúde é perfeita.

PADRE

(*Amarelo.*) Ah, é?

ANTÔNIO MORAES

Os donos de terras é que perderam hoje em dia o senso de sua autoridade. Veem-se senhores trabalhando em suas terras como qualquer foreiro. Mas comigo as coisas são como antigamente, a velha ociosidade senhorial!

PADRE

É o que eu vivo dizendo, do jeito que as coisas vão, é o fim do mundo! Mas que coisa o trouxe aqui? Já sei, não diga, o bichinho está doente, não é?

ANTÔNIO MORAES

É, já sabia?

PADRE

Já, aqui tudo se espalha num instante! Já está fedendo?

ANTÔNIO MORAES

Fedendo? Quem?

PADRE

O bichinho!

ANTÔNIO MORAES

Não. Que é que o senhor quer dizer?

PADRE

Nada, desculpe, é um modo de falar!

ANTÔNIO MORAES

Pois o senhor anda com uns modos de falar muito esquisitos!

PADRE

Peço que desculpe um pobre padre sem muita instrução. Qual é a doença? Rabugem?

ANTÔNIO MORAES

Rabugem?

PADRE

Sim, já vi um morrer disso em poucos dias. Começou pelo rabo e espalhou-se pelo resto do corpo.

ANTÔNIO MORAES

Pelo rabo?

PADRE

Desculpe, desculpe, eu devia ter dito "pela cauda". Deve-se respeito aos enfermos, mesmo que sejam os de mais baixa qualidade.

ANTÔNIO MORAES

Baixa qualidade? Padre João, veja com quem está falando. A Igreja é uma coisa respeitável, como garantia da sociedade, mas tudo tem um limite!

PADRE

Mas o que foi que eu disse?

ANTÔNIO MORAES

Baixa qualidade! Meu nome todo é Antônio Noronha de Britto Moraes e esse Noronha de Britto veio do Conde dos Arcos, ouviu? Gente que veio nas caravelas, ouviu?

PADRE

Ah bem e na certa os antepassados do bichinho também vieram nas caravelas, não é isso?

ANTÔNIO MORAES

Claro! Se meus antepassados vieram, é claro que os dele vieram também. Que é que o senhor quer insinuar? Quer dizer por acaso que a mãe dele procedeu mal?

PADRE

Mas, uma cachorra!

ANTÔNIO MORAES

O quê?

PADRE

Uma cachorra!

ANTÔNIO MORAES

Repita!

PADRE

Não vejo nada de mal em repetir, não é uma cachorra, mesmo?

ANTÔNIO MORAES

Padre, não o mato agora mesmo porque o senhor é um padre e está louco, mas vou me queixar ao bispo. (*A João.*) Você tinha razão. Apareça nos Angicos, que não se arrependerá. (*Sai.*)

PADRE

(*Aflitíssimo.*) Mas me digam pelo amor de Deus o que foi que eu disse.

João Grilo

Nada, nada, padre! Esse homem só pode estar louco com essa mania de ser grande. Até ao cachorro ele quer dar carta de nobreza!

Padre

Faço tudo pra agradá-lo e vai-se queixar ao bispo! Ah se fosse no tempo do outro! Aquele, sim, era um santo, a coisa mais fácil do mundo era satisfazê-lo. Esse dagora é uma águia, um verdadeiro administrador. Será que vai me suspender?

João Grilo

Que nada, padre, antes disso eu vou aos Angicos e arranjo tudo.

Padre

Arranja mesmo, João? Como?

João Grilo

Deixe comigo. Antônio Moraes começou a ser meu amigo de repente. Não viu como me convidou pra ir aos Angicos? Agora é assim, João Grilo pra lá, Antônio Moraes pra cá... Está completamente perturbado!

Padre

Pois arranje as coisas, João, que você não se arrepende.

João Grilo

Chama-se já está arranjado. Agora, eu queria um favorzinho do senhor padre.

PADRE

Eu já estava esperando por uma dessas. Nessa minha profissão a gente se acostuma de tal modo com isso de dar e tomar... O que é?

JOÃO GRILO

O cachorro de meu patrão está muito mal e eu queria que o senhor benzesse o bichinho!

PADRE

De novo? Mas é possível?

JOÃO GRILO

É mais do que possível! O senhor não ia benzer o do Major Antônio Moraes?

PADRE

E de quem é que você está falando?

JOÃO GRILO

De meu patrão.

PADRE

E seu patrão não é Antônio Moraes?

JOÃO GRILO

Não.

PADRE

Mas você ainda agora disse isso aqui, João!

JOÃO GRILO

Eu? Quem disse isso foi Chicó.

CHICÓ dá um grande salto de surpresa.

PADRE

E quem é seu patrão?

JOÃO GRILO

O padeiro.

PADRE

E o cachorro dele também está doente?

JOÃO GRILO

Está.

PADRE

Também, oh terra pra ter cachorro doente só é essa!

JOÃO GRILO

E a mania agora é benzer, benzer tudo quanto é de bicho!

Ouvem-se, fora, grandes gritos de mulher.

JOÃO GRILO

É a mulher, com o cachorro. Como é, o senhor benze ou não benze?

PADRE

Pensando bem, acho melhor não benzer! O bispo está aí e eu só benzo se ele der licença. (*À esquerda aparece a MULHER DO PADEIRO e o PADRE corre pra ela.*) Pare, pare! (*Aparece o PADEIRO.*) Parem, parem!

Um momento. Entre o senhor e entre a senhora: o cachorro fica lá!

MULHER

Ai, padre, pelo amor de Deus, meu cachorro está morrendo! É o filho que eu conheço neste mundo, padre! Não deixe o cachorrinho morrer, padre!

PADRE

(*Comovido.*) Pobre mulher! Pobre cachorro!

JOÃO GRILO estende-lhe um lenço e ele se assoa ruidosamente.

PADEIRO

O senhor benze o cachorro, Padre João?

JOÃO GRILO

Não pode ser. O bispo está aí e o padre só benzia se fosse o cachorro do Major Antônio Moraes, gente mais importante, porque senão o homem pode reclamar.

PADEIRO

Que história é essa? Então Vossa Senhoria pode benzer o cachorro do Major Antônio Moraes e o meu não?

PADRE

(*Apaziguador.*) Que é isso, que é isso?

PADEIRO

Eu é que pergunto: que é isso? Afinal de contas eu sou presidente da Irmandade das Almas, e isso é alguma coisa!

JOÃO GRILO

É, padre, o homem aí é coisa muita: presidente da Irmandade das Almas! Pra mim isso é um caso claro de cachorro bento. Benza logo o cachorro e tudo fica em paz.

PADRE

Não benzo, não benzo e acabou-se. Não estou pronto pra fazer essas coisas assim de repente. Sem pensar, não!

MULHER

(*Furiosa.*) Quer dizer, quando era o cachorro do Major, já estava tudo pensado, pra benzer o meu é essa complicação! Olhe que meu marido é presidente e sócio benfeitor da Irmandade das Almas! Vou pedir a demissão dele!

PADEIRO

Vai pedir minha demissão!

MULHER

De hoje em diante não me sai lá de casa nem um pão pra a Irmandade!

PADEIRO

Nem um pão!

MULHER

E olhe que os pães que vêm para aqui são de graça!

PADEIRO

São de graça!

MULHER

E olhe que as obras da igreja é ele quem está custeando!

PADEIRO

Sou eu que estou custeando!

PADRE

(*Apaziguador.*) Que é isso, que é isso!

MULHER

O que é isso? É a voz da verdade, Padre João! O senhor agora vai ver quem é a mulher do padeiro!

JOÃO GRILO

Ai, ai, ai, e a senhora, o que é que é do padeiro?

MULHER

A vaca...

CHICÓ

A vaca?!

MULHER

A vaca que eu mandei pra cá, pra fornecer leite ao vigário, tem que ser devolvida hoje mesmo!

PADEIRO

Hoje mesmo!

PADRE

Mas até a vaca? Sacristão, sacristão!

JOÃO GRILO

A vaca também é demais! (*Arremedando o* PADRE.) Sacristão, sacristão!

O SACRISTÃO aparece à porta. É um sujeito magro, pedante, pernóstico, de óculos azuis que ele ajeita com as duas mãos de vez em quando, com todo cuidado. Para no limiar da cena, vindo da igreja, e examina todo o pátio.

JOÃO GRILO

Sacristão, a vaca da mulher do padeiro tem que sair!

SACRISTÃO

Um momento. Um momento. Em primeiro lugar, o cuidado da casa de Deus e de seus arredores. Que é isso? Que é isso?

Ele domina toda a cena, inclusive o PADRE, que tem uma confiança enorme na empáfia, segurança e hipocrisia do secretário.

MULHER E PADEIRO

(*Ao mesmo tempo, em resposta à pergunta do* SACRISTÃO.) É o padre...

SACRISTÃO

(*Afastando os dois com a mão e olhando para a direita.*) Que é aquilo? Que é aquilo?

Sua afetação de espanto é tão grande, que todos se voltam para a direção em que ele olha.

SACRISTÃO

Mas um cachorro morto no pátio da casa de Deus?

PADEIRO

Morto?

MULHER

(*Mais alto.*) Morto?

SACRISTÃO

Morto, sim! Vou reclamar à Prefeitura!

PADEIRO

(*Correndo e voltando-se do limiar.*) É verdade, morreu!

MULHER

Ai, meu Deus, meu cachorrinho morreu!

Correm todos para a direita, menos JOÃO GRILO *e* CHICÓ. *Este vai para a esquerda, olha a cena que se desenrola lá fora, e fala com grande gravidade na voz.*

CHICÓ

É verdade, o cachorro morreu. Cumpriu sua sentença e encontrou-se com o único mal irremediável, aquilo que é a marca de nosso estranho destino sobre a terra, aquele fato sem explicação que iguala tudo o que é vivo num só rebanho de condenados, porque tudo o que é vivo morre!

João Grilo

(*Suspirando.*) Tudo o que é vivo morre! Está aí uma coisa que eu não sabia! Bonito, Chicó, onde foi que você ouviu isso? De sua cabeça é que não saiu, que eu sei!

Chicó

Saiu mesmo não, João. Isso eu ouvi um padre dizer uma vez. Foi no dia em que meu pirarucu morreu.

João Grilo

Seu pirarucu?

Chicó

Meu, é um modo de dizer, porque, pra falar a verdade, acho que eu é que era dele. Nunca lhe contei isso não?

João Grilo

Não, já ouvi falar de homem que tem peixe, mas de peixe que tem homem, é a primeira vez.

Chicó

Foi quando eu estive no Amazonas. Eu tinha amarrado a corda do arpão em redor do corpo, de modo que estava com os braços sem movimento. Quando ferrei o bicho, ele deu um puxavante maior e eu caí no rio.

João Grilo

O bicho pescou você!...

CHICÓ

Exatamente, João, o bicho me pescou. Para encurtar a história, o pirarucu me arrastou rio acima três dias e três noites.

JOÃO GRILO

Três dias e três noites? E você não sentia fome não, Chicó?

CHICÓ

Fome não, mas era uma vontade de fumar danada. E o engraçado foi que ele deixou pra morrer bem na entrada de uma vila, de modo que eu pudesse escapar. O enterro foi no outro dia e nunca mais esqueci o que o padre disse, na beira da cova.

JOÃO GRILO

E como avistaram você, da vila?

CHICÓ

Ah, eu levantei um braço e acenei, acenei, até que uma lavadeira me avistou e vieram me soltar.

JOÃO GRILO

E você não estava com os braços amarrados, Chicó?

CHICÓ

João, na hora do aperto, dá-se um jeito a tudo!

JOÃO GRILO

Mas que jeito você deu?

CHICÓ

Não sei, só sei que foi assim! Mas deixe de agonia, que o povo vem aí.

MULHER

(*Entrando.*) Ai, ai, ai, ai, ai! Ai, ai, ai, ai, ai!

JOÃO GRILO

(*Mesmo tom.*) Ai, ai, ai, ai, ai! Ai, ai, ai, ai, ai!

Dá uma cotovelada em CHICÓ.

CHICÓ

(*Obediente.*) Ai, ai, ai, ai, ai! Ai, ai, ai, ai, ai!

Essa lamentação deve ser mal representada de propósito, ritmada como choro de palhaço de circo.

SACRISTÃO

(*Entrando com o* PADRE *e o* PADEIRO.) Que é isso, que é isso? Que barulho é esse na porta da casa de Deus?

PADRE

Todos devem se resignar.

MULHER

Se o senhor tivesse benzido o bichinho, a essas horas ele ainda estava vivo.

PADRE

Qual, qual, quem sou eu!

MULHER

Mas tem uma coisa, agora o senhor enterra o cachorro!

PADRE

Enterro o cachorro?

MULHER

Enterra e tem que ser em latim. De outro jeito não serve, não é?

PADEIRO

É, em latim não serve.

MULHER

Em latim é que serve!

PADEIRO

É, em latim é que serve!

PADRE

Vocês estão loucos! Não enterro de jeito nenhum.

MULHER

Está cortado o rendimento da irmandade!

PADEIRO

Está cortado o rendimento da irmandade!

PADRE

Não enterro!

MULHER

Meu marido considera-se demitido da presidência.

PADEIRO

Considero-me demitido da presidência!

PADRE

Não enterro!

MULHER

A vaquinha vai sair daqui imediatamente!

PADRE

Oh mulher sem coração!

MULHER

Sem coração, porque não quero ver meu cachorrinho comido pelos urubus? O senhor enterra!

PADRE

Ai meus dias de seminário, minha juventude heroica e firme!

MULHER

Pão pra a casa do vigário só vem agora dormido e com o dinheiro na frente! Enterra ou não enterra?

PADRE

Oh mulher cruel!

MULHER

Decida-se, Padre João!

PADRE

Não me decido coisa nenhuma, não tenho mais idade pra isso. Vou é me trancar na igreja e de lá ninguém me tira!

Entra na igreja, correndo.

JOÃO GRILO

(*Chamando o patrão à parte.*) Se me dessem carta branca, eu enterrava o cachorro.

PADEIRO

Tem a carta.

JOÃO GRILO

Posso gastar o que quiser?

PADEIRO

Pode.

MULHER

Que é que vocês estão combinando aí?

JOÃO GRILO

Estou aqui dizendo que, se é desse jeito, vai ser difícil cumprir o testamento do cachorro, na parte do dinheiro que ele deixou para o padre e para o sacristão.

SACRISTÃO

Que é isso? Que é isso? Cachorro com testamento?

JOÃO GRILO

Esse era um cachorro inteligente. Antes de morrer, olhava para a torre da igreja toda vez que o sino batia. Nesses últimos tempos, já doente pra morrer, botava uns olhos bem compridos pr'os lados daqui, latindo na maior tristeza. Até que meu patrão entendeu, com a minha patroa, é claro, que ele queria ser abençoado pelo padre e morrer como cristão. Mas nem assim ele sossegou. Foi preciso que o patrão prometesse que vinha encomendar a bênção e que, no caso dele morrer, teria um enterro em latim. Que em troca do enterro acrescentaria no testamento dele dez contos de réis para o padre e três para o sacristão.

SACRISTÃO

(*Enxugando uma lágrima.*) Que animal inteligente! Que sentimento nobre! (*Calculista.*) E o testamento? Onde está?

JOÃO GRILO

Foi passado em cartório, é coisa garantida. Isto é, era coisa garantida, porque agora o padre vai deixar os urubus comerem o cachorrinho e, se o testamento for cumprido nessas condições, nem meu patrão nem minha patroa estão livres de serem perseguidos pela alma.

CHICÓ

(*Escandalizado.*) Pela alma?

JOÃO GRILO

Alma não digo, porque acho que não existe alma de cachorro, mas assombração de cachorro existe e é uma das mais perigosas. E ninguém quer se arriscar assim a desrespeitar a vontade do morto.

MULHER

Ai, ai, ai, ai, ai! Ai, ai, ai, ai, ai!

JOÃO GRILO E CHICÓ

Ai, ai, ai, ai, ai! Ai, ai, ai, ai, ai!

SACRISTÃO

(*Cortante.*) Que é isso, que é isso? Não há motivo para essas lamentações. Deixem tudo comigo!

Entra apressadamente na igreja.

PADEIRO

Assombração de cachorro? Que história é essa?

JOÃO GRILO

Que história é essa? Que história é essa é que o cachorro vai se enterrar e é em latim!

PADEIRO

Pode ser que se enterre, mas em assombração de cachorro eu nunca ouvi falar!

CHICÓ

Mas existe. Eu mesmo já encontrei uma.

PADEIRO

(*Temeroso.*) Quando? Onde?

CHICÓ

Na passagem do riacho de Cosme Pinto.

Padeiro

Tinham me dito que o lugar era assombrado, mas nunca pensei que se tratasse de assombração de cachorro.

Chicó

Se o lugar é assombrado, não sei. O que eu sei é que eu ia atravessando o sangrador do açude e me caiu do bolso nágua uma prata de dez tostões. Eu ia com meu cachorro e já estava dando a prata por perdida, quando vi que ele estava assim como quem está cochichando com outro. De repente o cachorro mergulhou, e trouxe o dinheiro, mas quando fui verificar só encontrei dois cruzados.

Padeiro

Oi! E essas almas de lá têm dinheiro trocado?

Chicó

Não sei, só sei que foi assim.

O Sacristão e o Padre saem da igreja.

Sacristão

Mas eu não já disse que fica tudo por minha conta?

Padre

Por sua conta como, se o vigário sou eu?

SACRISTÃO

O vigário é o senhor, mas quem sabe quanto vale o testamento sou eu.

PADRE

Hein? O testamento?

SACRISTÃO

Sim, o testamento.

PADRE

Mas que testamento é esse?

SACRISTÃO

O testamento do cachorro.

PADRE

E ele deixou testamento?

PADEIRO

Só para o vigário deixou dez contos.

PADRE

Que cachorro inteligente! Que sentimento nobre!

JOÃO GRILO

E um cachorro desse ser comido pelos urubus! É a maior das injustiças.

PADRE

Comido, ele? De jeito nenhum. Um cachorro desse não pode ser comido pelos urubus!

Todos aplaudem, batendo palmas ritmadas e discretas e o PADRE *agradece, fazendo mesuras. Mas de repente lembra-se do* BISPO.

PADRE

(*Aflito.*) Mas que jeito pode-se dar nisso? Estou com tanto medo do bispo! E tenho medo de cometer um sacrilégio!

SACRISTÃO

Que é isso, que é isso? Não se trata de nenhum sacrilégio. Vamos enterrar uma pessoa altamente estimável, nobre e generosa, satisfazendo, ao mesmo tempo, duas outras pessoas altamente estimáveis (*Aqui o* PADEIRO *e a* MULHER *fazem uma curvatura a que o* SACRISTÃO *responde com outra igual.*), nobres (*Nova curvatura.*) e, sobretudo, generosas. (*Novas curvaturas.*) Não vejo mal nenhum nisso!

PADRE

É, você não vê mal nenhum, mas quem me garante que o bispo também não vê?

SACRISTÃO

O bispo?

PADRE

Sim, o bispo. É um grande administrador, uma águia a quem nada escapa.

João Grilo

Ah, é um grande administrador? Então pode deixar tudo por minha conta, que eu garanto.

Padre

Você garante?

João Grilo

Garanto. Eu teria medo se fosse o anterior, que era um santo homem. Só o jeito que ele tinha de olhar para a gente me fazia tirar o chapéu. Mas com esses grandes administradores eu me entendo que é uma beleza.

Sacristão

E mesmo não será preciso que Vossa Reverendíssima intervenha. Eu faço tudo!

Padre

Você faz tudo?

Sacristão

Faço.

Mulher

Em latim?

Sacristão

Em latim.

Padeiro

E o acompanhamento?

João Grilo

Vamos eu e Chicó. Com o senhor e sua mulher, acho que já dá um bom enterro!

PADEIRO

Você acha que está bem assim?

MULHER

Acho.

PADEIRO

Então eu também acho!

SACRISTÃO

Se é assim, vamos ao enterro. (*JOÃO GRILO estende a mão a CHICÓ, que a aperta calorosamente.*) Como se chamava o cachorro?

MULHER

(*Chorosa.*) Xaréu.

SACRISTÃO

(*Enquanto se encaminha para a direita em tom de canto gregoriano.*) Xaréu. Absolve, Domine, animas omnium fidelium defunctorum ab omni vinculi delictorum.

TODOS

Amém.

Saem todos em procissão, atrás do SACRISTÃO, com exceção do PADRE, que fica um momento silencioso, levando depois a mão à boca, em atitude angustiada, e sai correndo para a igreja.

Aqui o espetáculo pode ser interrompido, a critério do encenador, marcando-se o fim do primeiro ato.

E pode-se continuá-lo, com a entrada do PALHAÇO.

PALHAÇO

Muito bem, muito bem, muito bem! Assim se conseguem as coisas neste mundo. E agora, enquanto Xaréu se enterra "em latim", imaginemos o que se passa na cidade. Antônio Moraes saiu furioso com o padre e acaba de ter uma longa conferência com o bispo a esse respeito. Este, que está inspecionando sua diocese, tem que atender a inúmeras conveniências. Em primeiro lugar, não pode desprestigiar a Igreja, que o padre, afinal de contas, representa na paróquia. Mas tem também que pensar em certas conjunturas e transigências, pois Antônio Moraes é dono de todas as minas da região e é um homem poderoso, tendo enriquecido fortemente o patrimônio que herdou, e que já era grande, durante a guerra, em que o comércio de minérios esteve no auge. De modo que lá vem o bispo. Peço todo o silêncio e respeito do auditório, porque a grande figura que se aproxima é, além de bispo, um grande administrador e político. Sou o primeiro a me curvar diante deste grande príncipe da Igreja, prestando-lhe minhas mais carinhosas homenagens.

Curva-se profundamente e o BISPO entra pela direita, acompanhado pelo FRADE. O BISPO é um personagem medíocre, profundamente enfatuado, enquanto o FRADE, a quem todos tratam com desprezo maldisfarçado, é a alegria e bondade em pessoa. Ante a curvatura do PALHAÇO, *o* BISPO *faz um gesto soberano, mandando-o erguer-se. O* FRADE *aponta o* PALHAÇO *e dispara na risada, tapando a boca com a mão; mas o* BISPO *olha-o severamente e o* FRADE *baixa a cabeça, intimidado. Nova curvatura do* PALHAÇO, *novo gesto do* BISPO.

PALHAÇO

(*Animado pelo acolhimento.*) Muito bem, olá, como está Vossa Reverendíssima, como vai essa prosápia, essa bizarria...

Enquanto fala, vai fazendo as graças ingênuas de palhaço, pendurando o chapéu e o paletó, que caem ao chão, num cabide imaginário. Já em mangas de camisa, dirige-se ao BISPO *com os braços largamente abertos, como quem vai abraçá-lo, mas o* BISPO *ergue a mão num gesto de desprezo e o* PALHAÇO *ri amarelo, parando à espera.*

BISPO

Retro! Onde está o padre?

PALHAÇO

Deve estar na igreja.

O BISPO *volta-se para o* FRADE, *fazendo-lhe um aceno majestoso e descuidado. O* FRADE *corre para a igreja.*

BISPO

É horrível ter de viver com um débil mental às costas, mas meu antecessor gostava dele e não quis desprestigiá-lo, porque afinal de contas ele era meu colega, de modo que conservei essa lesma no lugar em que a encontrei!

O PALHAÇO concorda, fazendo uma grande curvatura, e vem falar ao público.

PALHAÇO

E agora afasto-me prudentemente, porque a vizinhança desses grandes administradores é sempre uma coisa perigosa e a própria Igreja ensina que o melhor é evitar as ocasiões. (*Ao BISPO.*) Peço licença a Vossa Excelência Reverendíssima, mas tenho que me retirar.

Curvatura do PALHAÇO e do BISPO. O PALHAÇO sai e, no mesmo instante, o FRADE volta com o PADRE.

PADRE

(*Nervoso.*) Não esperava Vossa Reverendíssima aqui agora, de modo que...

BISPO

Deixemos isso, *passons*, como dizem os franceses. Mas há coisas que não posso deixar de lado, com essa facilidade.

PADRE

Não estou entendendo!

BISPO

(*Severo.*) Pois entenderá já. Quando eu lhe disser que Antônio Moraes falou comigo...

PADRE

(*Sorridente.*) Antônio Moraes falou com o senhor!

BISPO

Falou sim, e foi pra reclamar de seu procedimento para com ele.

PADRE

Não entendo o que Vossa Reverendíssima quer dizer.

BISPO

Não vejo dificuldade nenhuma em se entender isso, Padre João. Antônio Moraes veio a mim se queixar de sua brutalidade para com ele.

PADRE

Como é?

BISPO

Vamos deixar de brincadeiras! O senhor sabe perfeitamente a que estou me referindo. Por que chamou a mulher dele de cachorra?

PADRE

Eu?

BISPO

Sim, o senhor. Quer me levar ao ridículo, é, Padre João?

PADRE

Não, nunca, Deus me livre! Mas juro que não chamei a mulher dele de cachorra.

BISPO

Chamou, Padre João!

PADRE

Não chamei, Senhor Bispo!

BISPO

Chamou, Padre João!

PADRE

Não chamei, Senhor Bispo!

BISPO

(*Elevando a voz.*) Chamou, Padre João!

PADRE

(*Resignado.*) Chamei, Senhor Bispo!

BISPO

Afinal, chamou ou não chamou?

PADRE

Não chamei, mas se Vossa Reverendíssima diz que eu chamei é porque sabe mais do que eu!

BISPO

Então não é verdade que ele veio pedir que o senhor lhe abençoasse o filho e que você chamou a mulher dele de cachorra?

PADRE

O filho?

BISPO

Sim, o filho dele que está doente!

PADRE

E é o filho dele que está doente?

BISPO

Claro que é, não é o que estou dizendo?

PADRE

O Grilo tinha me dito que era o cachorro!

BISPO

O grilo? Padre João, você quer brincar comigo? Que história de grilo e cachorro é essa?

PADRE

Vossa Reverendíssima perdoe, agora eu entendo tudo!

BISPO

Mas acontece que agora quem começa a não entender sou eu.

PADRE

A culpa é do Grilo.

BISPO

Do grilo?

PADRE

De João Grilo.

BISPO

Quem é João Grilo?

PADRE

Um canalhinha amarelo que mora aqui e trabalha na padaria! Chegou dizendo que o cachorro de Antônio Moraes estava doente e que ele queria que eu o benzesse. Quando o homem chegou, a confusão foi a maior do mundo. Agora eu entendo tudo. Mas ele me paga!

JOÃO GRILO

(*Cantando fora.*) Lampião, grande cangaceiro,
pensava que nunca morria:
morreu à boca da noite,
Maria Bonita ao romper do dia.

Entram JOÃO GRILO e CHICÓ.

JOÃO GRILO

Padre João, querido Padre João, está tudo pronto e nós muito satisfeitos com o senhor!

PADRE

João Grilo, querido João Grilo, nós também estamos satisfeitíssimos com o senhor!

João Grilo

Qual, quem sou eu, um pobre Grilo que não vale nada... É bondade de Vossa Reverendíssima.

Padre

É mesmo, é bondade minha, porque você não passa de um amarelo muito safado!

João Grilo

Está ouvindo, Chicó? Eita, eu, se fosse você, reagia.

Chicó

Eu?

João Grilo

Sim, eu, se fosse você, reagia. Não admito que ninguém diga isso de um amigo meu na minha frente.

Chicó

Mas o amigo é você!

João Grilo

E então? Reaja, Chicó, seja homem!

Chicó

Eu, não. Reaja você!

João Grilo

Você não é homem não, Chicó?

Chicó

Eu sou homem, mas sou frouxo!

João Grilo

Muito bem, se é assim, eu falo. Por que Vossa Reverendíssima me chamou de safado?

PADRE

Porque você é um amarelo muito safado.

JOÃO GRILO

Pois se esqueceram de botar isso na minha certidão de idade!

O PADRE tenta agredir JOÃO mas o FRADE o impede.

PADRE

Como é que você veio me dizer que o cachorro de Antônio Moraes estava doente, fazendo-me chamar a mulher dele de cachorra?

JOÃO GRILO

Ah, e a safadeza é essa? Isso é nada, Padre João! Muito pior é enterrar cachorro em latim, como se ele fosse cristão, e nem por isso eu vou chamá-lo de safado.

PADRE

(*Enorme grito.*) Ai!

BISPO

Que é isso?

PADRE

Uma dor que me deu de repente. Ai!

JOÃO GRILO

Coitado, não tem que ver o grito que minha patroa dava enquanto se fazia o enterro do cachorro!

Padre

Ai, João Grilo, meu querido, me acuda que eu estou morrendo!

João Grilo

Eu? Quem sou eu pra socorrer padre, eu, um amarelo muito safado!

Padre

Eu retiro o que disse, João!

João Grilo

Retirando ou não retirando, o fato é que o cachorro enterrou-se em latim.

Bispo

Um cachorro? Enterrado em latim?

Padre

Enterrado latindo, Senhor Bispo. Au, au, au, não sabe?

Bispo

Não sei não senhor, nunca vi cachorro morto latir... Que história é essa?

Padre

Ai! Ai! Ai!

Sacristão

(*Entrando.*) Que é isso? Que é isso?

João Grilo

É o bispo que quer saber que história é essa.

Sacristão

(*Fazendo mesuras.*) Senhor Bispo, excelente e reverendíssimo Senhor Bispo... Qual história?

João Grilo

Essa de padre e sacristão se juntarem para enterrar um cachorro em latim!

Sacristão

Ai!

João Grilo

Que aperreio é esse? A desgraça agora foi que começou!

Bispo

Então houve isso? Um cachorro enterrado em latim?

João Grilo

E então? É proibido?

Bispo

Se é proibido? É mais do que proibido! Código Canônico, artigo 1627, parágrafo único, letra *k*. Padre, o senhor vai ser suspenso.

Padre

Ai!

João Grilo

Vossa Excelência Reverendíssima vai suspender o padre?

Bispo

Vou, por que não? Acha pouco o que ele fez? Uma vergonha! Uma desmoralização!

Padre

Ai!

Bispo

E o sacristão também vai pular fora de seu emprego!

Sacristão

Ai!

Bispo

Quanto ao senhor, Senhor João Grilo, vai-se arrepender de suas brincadeiras, jogando a Igreja contra Antônio Moraes. Uma vergonha, uma desmoralização!

João Grilo

É mesmo, é uma vergonha! Um cachorro safado daquele se atrever a deixar três contos de réis para o sacristão, quatro para o padre e seis para o bispo, é demais.

Bispo

(*Mão em concha no ouvido.*) Como?

João Grilo

Ah! E o senhor não sabe da história do testamento ainda não?

Bispo

Do testamento? Que testamento?

CHICÓ

O testamento do cachorro!

BISPO

Testamento do cachorro?

PADRE

(*Animando-se.*) Sim. O cachorro tinha um testamento. Maluquice de sua dona! Deixou três contos de réis para o sacristão, quatro para a paróquia e seis para a diocese.

BISPO

É por isso que eu vivo dizendo que os animais também são criaturas de Deus. Que animal inteligente! Que sentimento nobre!

PADRE

(*Arriscando.*) Para atender à vontade da dona, deixei que o sacristão acompanhasse o...

BISPO

(*Sorridente.*) O enterro!

PADRE

(*Sorridente.*) Sim, o enterro!

BISPO

Em latim?

SACRISTÃO

Nada, eu disse aí umas quatro ou cinco coisas que sabia, coisa pouca!

JOÃO GRILO

(*Gregoriano.*) Não sei quê, não sei quê, defunctorum.

CHICÓ

(*Mesmo tom.*) Amém.

BISPO

É preciso deliberar. É assunto para se discutir com muito cuidado. Vamos reunir o concílio.

Encaminha-se para a igreja. O SACRISTÃO *quer ir logo depois dele, mas o* PADRE *o impede e toma para si o lugar de honra. O* FRADE *segue-os.*

SACRISTÃO

(*Do limiar, antes de entrar na igreja.*) Na verdade, vê-se logo que é um grande administrador!

CHICÓ

Você ainda se desgraça numa embrulhada dessas. Eles viram a bexiga?

JOÃO GRILO

(*Exibindo-a.*) Que nada, está aqui.

CHICÓ

Se a mulher do padeiro descobrir que você tirou a bexiga do cachorro antes do enterro...

JOÃO GRILO

Que é que tem isso? Eu estava precisando dela para um negócio que estou planejando e a necessidade desculpa tudo. O cachorro já estava morto, não precisava mais dela, eu tirei, porque estava precisando! Ela não tem nada a reclamar.

Chicó

É, o cachorro já estava morto, mas você sabe como esse povo rico é cheio de confusão com os mortos. Eu, às vezes, chego a pensar que só quem morre completamente é pobre, porque com os ricos a confusão continua por tanto tempo depois da morte, que chega a parecer que ou eles não morrem direito, ou a morte deles é outra!

João Grilo

Você ainda não viu nada! Eu ter tirado a bexiga do cachorro não quer dizer coisa nenhuma. Danado é o gato que arranjei pra tomar o lugar do morto.

Chicó

Do morto? Que morto?

João Grilo

O cachorro, companheiro! Você vai ver uma coisa.

Chicó

Não estou entendendo nada.

João Grilo

Pois vai entender daqui a pouco. Vou entrar também no testamento do cachorro.

Chicó

Como, João?

João Grilo

Eu não lhe disse que a fraqueza da mulher do patrão era bicho e dinheiro?

Chicó

Disse.

João Grilo

Pois vou vender a ela, para tomar o lugar do cachorro, um gato maravilhoso, que descome dinheiro!

Chicó

Descome, João?

João Grilo

Sim, descome, Chicó. Come, ao contrário.

Chicó

Está doido, João! Não existe essa qualidade de gato.

João Grilo

Muito mais difícil de existir é pirarucu que pesca gente e você mesmo já foi pescado por um.

Chicó

É mesmo, João, do jeito que as coisas vão eu não me admiro mais de nada!

João Grilo

Pra uma pessoa cuja fraqueza é dinheiro e bicho, não vejo nada melhor do que um bicho que descome dinheiro.

Chicó

João, não é duvidando não, mas como é que esse gato descome dinheiro?

João Grilo

É isso que é preciso combinar com você. A mulher vem já pra cá, cumprir o testamento. Eu deixei o gato amarrado ali fora. Você vá lá e enfie essas pratas de dez tostões no desgraçado do gato, entendeu?

Chicó

Entendi demais. (*Vai sair mas volta.*) Ó João!!

João Grilo

Que é?

Chicó

E cabe?

João Grilo

Sei lá! Se não couber, bote de cinco tostões, entendeu?

Chicó

Entendi.

João Grilo

Quando eu gritar por você, venha, me entregue o gato e deixe o resto por minha conta.

Chicó

(*Vai sair mas volta.*) E o que é que eu ganho nisso tudo?

João Grilo

Uma parte no testamento do cachorro.

CHICÓ

(*Idem.*) E se o negócio der errado?

JOÃO GRILO

Lá vem você com suas latomias! Quer ou não quer? Se não quer diga logo, que eu arranjo outro sócio.

CHICÓ

Quero.

JOÃO GRILO

Então vá.

CHICÓ

(*Idem.*) E a bexiga do cachorro?

JOÃO GRILO

Homem, vá-se embora, pelo amor de Deus, que a mulher vem por aí! Espere. A bexiga é que vai nos garantir se o negócio der errado. Leve, encha de sangue e bote no peito dentro da camisa. Vá, vá.

CHICÓ faz uma saudação à MULHER, que vem entrando com dois pacotinhos de dinheiro, e sai.

JOÃO GRILO

Como vai a senhora? Já está mais consolada?

MULHER

Consolada? Como, se além de perder meu cachorro, ainda tive de gastar treze contos para ele se enterrar?

JOÃO GRILO

Está aí, o dinheiro?

MULHER

Está. Entregue ao padre e ao sacristão.

JOÃO GRILO

Um momento. O que é que tem escrito aqui?

MULHER

Sacristão.

JOÃO GRILO

E aqui?

MULHER

Padre.

JOÃO GRILO

Pois por favor escreva aqui "Bispo e padre".

MULHER

Bispo e padre? Por quê?

JOÃO GRILO

Porque houve aqui um pequeno arranjo e o bispo também teve que entrar no testamento.

MULHER

(*Escrevendo.*) Que complicação! E se ao menos eu lucrasse alguma coisa... Mas perdi foi meu cachorro.

João Grilo

Quem não tem cão caça com gato.

Mulher

Como é?

João Grilo

Quem não tem cão caça com gato e eu arranjei um gato que é uma beleza para a senhora.

Mulher

Um gato?

João Grilo

Um gato.

Mulher

E é bonito?

João Grilo

Uma beleza!

Mulher

Ai, João, traga para eu ver! Chega me dá uma agonia! Traga, João, já estou gostando do bichinho. Gente, não, é povo que não tolero, mas bicho dá gosto.

João Grilo

Pois então vou buscá-lo.

Mulher

Espere. Sabe do que mais, João? Não vá buscar o gato que isso só me traz aborrecimento e despesa. Não viu o que aconteceu com o cachorro? Terminei tendo que fazer testamento.

João Grilo

Ah, mas aquilo é porque foi seu cachorro. Com meu gato é diferente...

Mulher

Diferente por quê?

João Grilo

Porque, em vez de dar despesa, esse gato dá lucro.

Mulher

Fora cabra, vaca, ovelha e cavalo, bicho que dá lucro não existe.

João Grilo

Não existe se não... Eu fico meio encabulado de dizer!

Mulher

Que é isso, João, você está em casa! Diga!

João Grilo

É que o gato que eu lhe trouxe descome dinheiro.

Mulher

Descome dinheiro?

João Grilo

Descome, sim.

Mulher

Essa, eu só acredito vendo!

João Grilo

Pois vai ver. Chicó!

Mulher

Ah, e é história de Chicó? Logo vi!

JOÃO GRILO

Nada de história de Chicó, mas foi ele quem guardou o bicho. Chicó!

CHICÓ

(*Entrando com o gato.*) Tome seu gato. Eu não tenho nada com isso.

JOÃO dá-lhe uma cotovelada e apresenta o gato à MULHER.

JOÃO GRILO

Está aí o gato.

MULHER

E daí?

JOÃO GRILO

É só tirar o dinheiro.

MULHER

Pois tire!

JOÃO GRILO

(*Virando o gato pra CHICÓ, com o rabo levantado.*) Tire aí, Chicó!

CHICÓ

Eu não, tire você!

JOÃO GRILO

Deixe de luxo, Chicó, em ciência tudo é natural.

Chicó

Pois se é natural, tire.

João Grilo

Então tiro. (*Passa a mão no traseiro do gato e tira uma prata de cinco tostões.*) Está aí, cinco tostões que o gato lhe dá de presente.

Mulher

Muito obrigada, mas se você não se zanga eu quero ver de novo.

João Grilo

De novo?

Mulher

Vi você passar a mão e sair com o dinheiro, mas agora quero ver é o parto.

João Grilo

O parto?

Mulher

Sim, quero ver o dinheiro sair do gato.

João Grilo

Pois então veja.

Mulher

(*Depois da nova retirada.*) Nossa Senhora, é mesmo! João, me arranje esse gato pelo amor de Deus!

João Grilo

Arranjar é fácil, agora, pelo amor de Deus é que não pode ser, porque sai muito barato. Amor de Deus é coisa que eu tenho, dê ou não lhe dê o gato.

Mulher

Quer dizer que não tem jeito de eu arranjar esse gato?

João Grilo

Tem um jeito, e é até fácil!

Mulher

Pois diga qual é, João.

João Grilo

Deixe eu entrar no testamento do cachorro.

Mulher

Pois você entra! Por quanto vende o gato?

João Grilo

Um conto, está bom?

Mulher

Está não, está caro.

João Grilo

Mas por um gato que descome dinheiro!

Mulher

Já fiz a conta, vou levar dois mil dias só pra tirar o preço.

João Grilo

Mas ele descome mais de uma vez por dia, a senhora não viu?

MULHER

Mas ele pode morrer! Só dou quinhentos e, se você não aceitar, será demitido da padaria.

JOÃO GRILO

Está certo, fica pelos quinhentos.

MULHER

Tome lá. Passe o gato, Chicó. Meu Deus, que gatinho lindo! Agora a coisa é outra, tenho um filho de novo e vou tirar o prejuízo.

Sai, contentíssima.

CHICÓ

João, adeus. Eu vou-me embora.

JOÃO GRILO

Nada disso, tome lá a metade do dinheiro e deixe de ser mole!

CHICÓ

Homem, eu não tenho coragem de continuar sempre, é melhor fugir logo, enquanto tudo está em paz.

JOÃO GRILO

Não adianta, Chicó, você já entrou na história e agora é tarde porque a mulher descobre já. Quantas pratas você conseguiu meter?

CHICÓ

Três!

JOÃO GRILO

Então o negócio estoura já!

CHICÓ

Meu Deus, se eu sair com vida dessa história, subo a Serra do Pico de joelhos!

JOÃO GRILO

Deixe de moleza, Chicó. Você encheu a bexiga de sangue?

CHICÓ

(*Apontando a barriga.*) Enchi, está aqui.

JOÃO GRILO

Então está tudo garantido.

Entram o BISPO, o PADRE, o FRADE e o SACRISTÃO.

BISPO

Não resta nenhuma dúvida, foi tudo legal, certo e permitido. Código Canônico, artigo 368, parágrafo terceiro, letra *b*.

SACRISTÃO

Quer dizer que não agi mal?

BISPO

Muito pelo contrário, você agiu muito bem.

JOÃO GRILO

E aqui está a prova de que você agiu muito bem. (*Entregando os pacotes.*) "Bispo e padre" e "sacristão".

SACRISTÃO

(*Falsamente admirado.*) Que é isso? Que é isso?

JOÃO GRILO

O testamento do cachorro, a prova de que você agiu bem, de acordo com o Código Canônico, artigo não sei quanto, parágrafo sete, letra *b.*

PADRE

Ah, você sabe ler, João?

JOÃO GRILO

Não, conheci pelo peso.

PADRE

(*Dividindo o pacote.*) Senhor Bispo...

BISPO

Não há pressa, não há pressa...

Mesmo assim, recebe o dinheiro, conta-o e embolsa-o, rapidamente.

JOÃO GRILO

E fica mais uma vez tudo em paz, na santa paz do Senhor, com o cachorro enterrado em latim e todo mundo satisfeito.

CHICÓ

Isso é o que você diz, João, mas acho que a opinião do padeiro é outra muito diferente.

JOÃO GRILO

E quem está pedindo a opinião do padeiro?

CHICÓ

Ninguém, mas mesmo sem ninguém pedir, ele vem ali doido pra dar!

PADEIRO

Ah, você está aí? (*Pega João pela camisa.*) O gato não descome dinheiro coisa nenhuma, descome o que todo gato descome. Mas você me paga!

JOÃO GRILO

Que é isso? Que é isso? O senhor não tem vergonha de dizer essas coisas diante do bispo? Descome, não descome! Que conversa mais imoral!

PADEIRO

(*Furioso.*) Imoral é você, vendendo aquele gato!

JOÃO GRILO

E eu tenho culpa de sua mulher só gostar de bicho?

PADEIRO

Só gostar de bicho não, que ela casou comigo.

JOÃO GRILO

Sua diferença pra bicho é muito pouca, padeiro!

PADEIRO

O quê? É assim que você me trata agora? Olhe que eu boto você pra fora da padaria!

João Grilo

Você não bota coisa nenhuma, porque eu já estou fora dela! Faz exatamente dez minutos que eu me considero demitido daquela porcaria! Um sujeito como eu não trabalha pra uma mulher que compra gato.

Padeiro

Ladrão! Ladrão!

João Grilo

Ladrão é você, presidente da irmandade! Três dias passei em cima de uma cama, tremendo de febre. Mandava pedir socorro a você e a ela, e nada. Até o padre, que mandei pedir para me confessar, não mandaram. E isso depois de passar seis anos trabalhando naquela desgraça!

Padeiro

Ingrato, eu que nunca o despedi, apesar de todas as suas trapaças!

João Grilo

Nunca me despediu porque eu trabalhava barato e bem. Está aí Padre João que o diga! Qual era o melhor pão da rua, Padre João?

Padre

O pão de João Grilo.

João Grilo

Está vendo? Ladrão é você, ladrão de farinha. Eu o que faço é me defender como posso.

Bispo

Afinal que barulhada é essa?

Padeiro

Foi esse ladrão que vendeu um gato à minha mulher, dizendo que ele descomia dinheiro, Senhor Bispo.

Frade

Ra, ra! Essa foi boa!

Padeiro

Boa? E é um frade que vem dizer isso? É o fim do mundo!

Bispo

Não se incomode, trata-se de um débil mental.

Padeiro

Faço minha queixa ao senhor bispo, na qualidade de presidente da Irmandade das Almas.

Bispo

Está recebida a queixa e vai ser apurado o fato, para denúncia à autoridade secular.

João Grilo

Não vai ser apurada coisa nenhuma, porque agora eu vou-me embora daqui. E sabem do que mais? Vão-se danar todos, sacristão, padeiro, padre, bispo, porque eu já estou cheio, sabem?

Sacristão

João Grilo!

Padre

João Grilo!

Bispo

Senhor João Grilo!

João Grilo

É isso mesmo e façam favor de não me irritar senão eu dou um tiro na cabeça de Chicó!

Chicó

Na minha? Dê na da sua mãe, que pelo menos pariu você!

Fora, som de tiros e gritos de socorro.

Padre

Meu Deus, que terá sido isso?

Bispo

O barulho era de tiro!

Mulher

(*Entrando, assombrada.*) Valha-me Deus! Ai, meu marido de minha alma, vai morrer todo mundo agora! Socorro, Senhor Bispo!

Bispo

Que há? Que é isso? Que barulho!

Mulher

É Severino do Aracaju, que entrou na cidade com um cabra e vem para cá roubar a igreja.

PADRE

Ave Maria! Valha-me Nossa Senhora!

BISPO

Quem é Severino do Aracaju?

SACRISTÃO

Um cangaceiro, um homem horrível!

BISPO

(*À mulher.*) Chame a polícia.

MULHER

A polícia correu.

BISPO

Correu?

MULHER

E então? Informaram-se por onde ele vinha e saíram exatamente pelo outro lado.

BISPO

Ave Maria! Valha-me Nossa Senhora!

MULHER

Ai! Meu Deus!

PADEIRO

Ai! Meu Deus!

PADRE

E será verdade mesmo? Onde está Severino?

SEVERINO

(*Aparecendo.*) Aqui.

BISPO

(*Desmaiando.*) Ai!

JOÃO GRILO

Que grande administrador!

SEVERINO

Um momento, ninguém corra! O primeiro que tentar fugir, morre! O que é isso que está aí deitado, é algum cônego?

BISPO

(*Abrindo os olhos, cioso do posto.*) Bispo.

SEVERINO

Ótimo. Nunca tinha matado um bispo, o senhor vai ser o primeiro!

BISPO

(*Desmaiando.*) Ai!

SEVERINO

(*Dando-lhe um pontapé.*) Levante-se e deixe de chamego. Chilique comigo não pega! (*O BISPO levanta-se vagarosamente.*) Vossa Reverendíssima vai-me desculpar, mas deixe ver os bolsos.

BISPO

Não tenho nada, o capitão compreende...

SEVERINO

(*Cortante.*) Mesmo assim eu quero ver. E deixe de me chamar de capitão, que eu não gosto!

Bispo

E como hei de chamá-lo, então?

Severino

Severino, que é meu nome de batismo!

Padre

É que nós não temos coragem de chamar uma pessoa tão importante de Severino.

Severino

Isso tudo é porque quem está com o rifle sou eu! Se fosse qualquer um de vocês, eu era chamado era de Biu! Deixem de conversa, que isso comigo não vale. Mostre o bolso. (*Tirando o dinheiro.*) Seis contos! Mas é possível? Já vi que o negócio de reza está prosperando por aqui.

João Grilo

Depois que se começou a enterrar cachorro então, faz gosto!

Severino

E isto tudo foi pra se enterrar um cachorro?

João Grilo

Foi.

Severino

Nesse caso o padre deve ter também alguma coisa pra seu amigo Severino.

Padre

Tenho, não vou negar. Aqui estão dois contos, Senhor Severino. É o que posso lhe dar, no momento.

Severino

(*Irônico.*) É mesmo, padre? Não é possível! Numa terra em que o bispo tem seis contos, o padre deve ter no mínimo uns três. (*Severo.*) Deixe ver os bolsos. Olhe lá, eu não disse? Fazendo jogo sujo, hein, padre? Quem diria, um ministro de Deus! Enfim, isso é um fim de mundo. E o sacristão, que é que me diz disso tudo?

Sacristão

Só tenho a lamentar minha pobreza, que não me permite ajudar os amigos.

Severino

Mais pobre do que Vossa Senhoria é Severino do Aracaju, que não tem ninguém por ele, a não ser seu velho e pobre *papo-amarelo.* Mas mesmo assim eu quero ajudá-lo, porque Vossa Senhoria é meu amigo. (*Tirando o dinheiro.*) Três contos! Estou quase pensando em deixar o cangaço. Eu deixava vocês viverem, o bispo demitia o sacristão e me nomeava no lugar dele. Com mais uns cinquenta cachorros que se enterrassem, eu me aposentava. (*Sonhador.*) Podia comprar uma terrinha e ia criar meus bodes. Umas quatro ou cinco cabeças de gado e podia-se viver em paz e morrer em paz, sem nunca mais ouvir falar no velho *papo-amarelo.*

BISPO

Mas é uma grande ideia, Severino.

SEVERINO

É uma grande ideia agora, porque a polícia fugiu! Mas ela volta com mais gente e eu não dava três dias para o senhor bispo fazer o enterro do novo sacristão.

MULHER

(*Sedutora.*) Então venha trabalhar comigo na padaria. Garanto que não se arrependerá.

SEVERINO

(*Severo.*) Mostre a mão esquerda.

MULHER

(*Cariciosa.*) Pois não, com muito gosto.

SEVERINO

É uma aliança?

MULHER

É, sou casada com essa desgraça aí, mas estou tão arrependida! Só gosto de homens valentes e esse é uma vergonha!

SEVERINO

Vergonha é uma mulher casada na igreja se oferecer desse jeito. Aliás, já tinha ouvido falar que a senhora enganava seu marido com todo mundo.

PADEIRO

O quê? É possível?

JOÃO GRILO

Está aí Chicó que o diga.

CHICÓ

Eu?

SEVERINO

A coisa de que eu tenho mais raiva no mundo é de mulher assim. Sabe o que é que eu faço com as que encontro com esse costume?

MULHER

Não.

SEVERINO

Ferro na tábua do queixo.

MULHER

Ai!

PADEIRO

Não ligue ao que ela diz, mas o senhor podia vir mesmo trabalhar comigo na padaria. Não se ganha muito, mas dá pra viver.

SEVERINO

Então ganha-se pouco na padaria?

PADEIRO

Muito pouco, eu mesmo não tenho nada aqui, veja.

SEVERINO

Não precisa, eu acredito. O que você tinha deixou no cofre e eu tirei tudo, de passagem por lá.

PADEIRO

Ai!

SEVERINO

Não vejo motivo para essas agonias. Estou no meu direito, porque a polícia fugiu e eu tomei a cidade.

JOÃO GRILO

Dou toda a razão a você, Severino, mas está ficando tarde e eu tenho o que fazer. Vamos embora, Chicó. Vocês, até logo e muito boa viagem pra todos.

SEVERINO

Um momento, amarelinho, quero falar com você. (*A CHICÓ.*) Você também não se apresse.

JOÃO GRILO

Homem, eu já sei qual é a conversa que você quer ter comigo. Tome logo meus duzentos e cinquenta mil-réis e deixe eu ir-me embora. Dê os seus também, Chicó, e vamos sair daqui, que o calor está aumentando.

SEVERINO

Nada disso. Você agora fica e vai morrer com os outros. Está-me chamando de ladrão? Severino do Aracaju pode ser assassino, mas não mata ninguém sem motivo. Até hoje só matei pra roubar. É assim que garanto meu sustento. Mas você me chamou de ladrão e vai se arrepender.

BISPO

Quer dizer que o senhor vai nos matar a todos?

SEVERINO

Vou, por que não?

BISPO

Mas você não disse que só mata pra garantir seu sustento?

SEVERINO

E não é o que estou fazendo?

BISPO

É um louco! Socorro! Socorro!

SEVERINO

Pode gritar à vontade, garanto que não vem ninguém. Mas somente por causa desse grito, Vossa Excelência vai ser o primeiro. Tenha a bondade de passar para ali, porque Severino do Aracaju não mata ninguém defronte da igreja.

FRADE

Severino!

SEVERINO

Senhor!

FRADE

Deixe eu confessar esse povo.

SEVERINO

O senhor frade vai me perdoar, mas não tenho tempo. A polícia pode voltar e tenho que matar vocês de um por um.

FRADE

Então vou absolver todos condicionalmente, e peço ao padre que faça o mesmo comigo.

BISPO

Débil mental! (*A SEVERINO.*) Cavalheiro...

SEVERINO

(*Fazendo uma vênia.*) Senhor Bispo... Não adianta olhar para os lados, porque, se não sair, morre aqui mesmo. Seja homem, dê um exemplo a seus dois secretários que estão em tempo de se acabar de medo.

O PADRE e o SACRISTÃO começam a rezar. O BISPO ergue a cabeça e quer sair com dignidade, mas as pernas lhe tremem de tal modo que ele vai tropeçando.

SEVERINO

Sustente as pernas, Senhor Bispo! Que vergonha, chega dá desgosto se matar um homem desse! Vá, vá logo!

O BISPO sai pela esquerda. SEVERINO faz um aceno para o CANGACEIRO. Este sai, atrás do BISPO. Um tiro. SEVERINO baixa a cabeça afirmativamente, sorrindo com a eficiência da execução. O CANGACEIRO *reaparece, fazendo um gesto horizontal e cortante com a mão.*

SEVERINO

Senhor Padre, pela ordem, é a sua vez.

PADRE

(*Descobrindo o rosto.*) Pode cuidar logo do sacristão.

SACRISTÃO

Nada disso, a vez é do senhor!

SEVERINO

Para não haver discussão, vão os dois de uma vez.

PADRE

(*A* JOÃO GRILO.) Tudo isso por sua culpa, com suas histórias de cachorro bento e cachorro enterrado!

JOÃO GRILO

Cachorro bento é você. Eu não digo que sou sem sorte mesmo? Aqui desgraçado, aperreado, me preparando pra morrer, ainda aparece padre João para me chamar de cachorro! Cachorro é você!

Com a raiva, PADRE JOÃO *se esquece do medo e sai rapidamente, mas o* SACRISTÃO *fica.*

SEVERINO

Que é isso, quer deixar o padre sem poder rezar o ofício?

SACRISTÃO

O ofício? Que ofício, o dos mortos?

SEVERINO

Nada, o do casamento. Vou casar vocês dois com a morte. Ra, ra, essa foi boa!

SACRISTÃO

(*Sem gosto.*) Foi ótima!

SEVERINO

Vá atrás de seu patrão e nunca mais se esqueça aqui do juiz que casou vocês!

CANGACEIRO

E nem do escrivão!

O SACRISTÃO sai. Dois tiros, mesma cena entre SEVERINO e o CANGACEIRO.

FRADE

Agora, eu?

SEVERINO

Não, não gosto de matar frade, que dá azar. Vá embora. (*O FRADE sai.*) E chega agora a vez do excelentíssimo senhor padeiro desta cidade de Taperoá, que terá a subida satisfação de morrer ao lado de sua excelentíssima mulher safada.

PADEIRO

Antes de morrer, tenho um pedido a fazer.

SEVERINO

Ai, ai, ai! O que é?

PADEIRO

Quero que ela morra primeiro, para eu ver.

SEVERINO

Concedido. (*Ao CANGACEIRO.*) Mate a mulher primeiro.

MULHER

Ah, desgraçado!

PADEIRO

Desgraçada é você que me desgraçava a testa sem eu saber! E se ao menos fosse com uma pessoa de respeito! Mas até Chicó!

CHICÓ

Até Chicó o quê? Eu fui que corri o perigo de ficar falado, andando com essa mulher pra cima e pra baixo!

PADEIRO

Eu não digo? Você me desgraçou. Caminhe na frente! Faço questão de ver essa desgraça morrer!

MULHER

E então? Pensa que vou fazer cara feia? Está muito enganado, tenho mais coragem do que muito homem safado! Você, sim, está aí em tempo de se acabar. Pensa que não vi as pernas de sua calça tremendo, desde que ele entrou? Frouxo safado, não lhe dou o gosto de me queixar de jeito nenhum. (*Ao CANGACEIRO.*) Está pronto?

CANGACEIRO

Estou.

MULHER

Pois vamos. (*Sai firmemente, acompanhada pelo marido, que cambaleia.*) Eu não disse? Segure aqui, que eu ajudo.

O PADEIRO se apoia na mulher e saem os dois, abraçados.

JOÃO GRILO

E é assim que serão dois numa só carne.

CHICÓ

Não mangue não, João. Mulher valente! Safada mas valente.

JOÃO GRILO

Você que diz isso é porque sabe.

Um só tiro. Ficam todos em expectativa e o CANGACEIRO volta.

SEVERINO

Que foi isso? Só matou um?

CANGACEIRO

Não, os dois.

Severino

Só ouvi um tiro.

Cangaceiro

Ia matar a mulher primeiro, como o senhor mandou, mas no momento em que ia puxar o gatilho, o homem correu, abraçou-se com a mulher e morreram juntos.

Severino

Muito bem. Como é o nome de Vossa Senhoria?

João Grilo

Minha Senhoria não tem nome nenhum, porque não existe. Pobre tem lá senhoria, só tem desgraça!

Severino

Diga então o nome de Vossa Desgracência!

João Grilo

João Grilo.

Severino

Chega então a vez de Sua Desgracência, o Senhor João Grilo, o amarelo mais amarelo que já tive a honra de matar. Pode ir, a casa é sua.

João Grilo

Um momento. Antes de morrer, quero lhe fazer um grande favor.

Severino

Qual é?

João Grilo

Dar-lhe esta gaita de presente.

SEVERINO

Uma gaita? Pra que eu quero uma gaita?

JOÃO GRILO

Pra nunca mais morrer dos ferimentos que a polícia lhe fizer.

SEVERINO

Que conversa é essa? Já ouvi falar de chocalho bento que cura mordida de cobra, mas de gaita que cura ferimento de rifle, é a primeira vez.

JOÃO GRILO

Mas cura! Essa gaita foi benzida por Padre Cícero, pouco antes de morrer!

SEVERINO

Eu só acredito vendo.

JOÃO GRILO

Pois não. Queira Vossa Excelência me ceder seu punhal.

SEVERINO

Olhe lá!

JOÃO GRILO

Não tenha cuidado. Pode apontar o rifle e se eu tentar alguma coisa para seu lado, queime.

SEVERINO

(*Ao CANGACEIRO.*) Aponte o rifle pra esse amarelo, que é desse povo que eu tenho medo! (*Entrega o punhal a JOÃO, sob a mira do CANGACEIRO.*) E agora?

João Grilo

Agora vou dar uma punhalada na barriga de Chicó.

Chicó

Na minha, não!

João Grilo

Deixe de moleza, Chicó. Depois eu toco na gaita e você fica vivo de novo! (*Murmurando, a Chicó.*) A bexiga, a bexiga!

Acena pra Chicó, mostrando a barriga e lembrando a bexiga, mas Chicó não entende.

Chicó

Muito obrigado, mas eu não quero não, João.

João Grilo

(*Novos acenos.*) Mas eu não já disse que toco na gaita?

Chicó

Então vamos fazer o seguinte: você leva a punhalada e quem toca na gaita sou eu.

João Grilo

Homem, sabe do que mais? Vamos deixar de conversa. Tome lá! Morra, desgraçado!

Dá uma punhalada na bexiga. Com a sugestão, Chicó cai ao solo, apalpa-se, vê a bexiga e só então entende. Ele fecha os olhos e finge que morreu.

João Grilo

Está vendo o sangue?

Severino

Estou. Vi você dar a facada, disso nunca duvidei. Agora, quero ver é você curar o homem.

João Grilo

É já!

Começa a tocar na gaita e Chicó *começa a se mover no ritmo da música, primeiro uma mão, depois as duas, os braços, até que se levanta como se estivesse com dança de São Guido.*

Severino

Nossa Senhora! Só tendo sido abençoada por meu padrinho Padre Cícero! Você não está sentindo nada?

Chicó

Nadinha!

Severino

E antes?

Chicó

Antes como?

Severino

Antes de João tocar na gaita.

Chicó

Ah, eu estava morto.

SEVERINO

Morto?

CHICÓ

Completamente morto! Vi Nossa Senhora e Padre Cícero no céu!

SEVERINO

Mas em tão pouco tempo? Como foi isso?

CHICÓ

Não sei, só sei que foi assim.

SEVERINO

E que foi que Padre Cícero lhe disse?

CHICÓ

Disse: "Essa é a gaitinha que eu abençoei antes de morrer. Vocês devem dá-la a Severino, que precisa dela mais do que vocês."

SEVERINO

Ah meu Deus, só podia ser meu padrinho Padre Cícero mesmo! João, me dê essa gaitinha!

JOÃO GRILO

Então me solte e solte Chicó.

SEVERINO

Não pode ser, João. Eu matei o bispo, o padre, o sacristão, o padeiro e a mulher e eles morreram esperando. Se eu não matar você, vêm-me perseguir de noite, porque será uma injustiça com eles!

JOÃO GRILO

Mas mesmo eu lhe dando essa gaita? Você repare que eu podia ter morrido sem nada lhe dizer e você nunca saberia de nada, porque ninguém ia dar importância a uma gaita!

SEVERINO

É verdade!

JOÃO GRILO

Eu lhe dei uma oportunidade de conhecer meu padrinho Padre Cícero e você me paga desse modo!

SEVERINO

Conhecer? Nunca tive essa sorte! Fui uma vez ao Juazeiro só pra conhecer meu padrinho, mas pensaram que eu ia atacar a cidade e fui recebido a bala!

JOÃO GRILO

Mas pode conhecê-lo agora.

SEVERINO

Como?

JOÃO GRILO

Seu cabra lhe dá um tiro de rifle, você vai visitá-lo. Então eu toco na gaita e você volta.

SEVERINO

E se você não tocar?

JOÃO GRILO

Não está vendo que eu não faço uma miséria dessa? Garanto que toco!

Severino

Sua ideia é boa, mas por segurança entregue a gaita a meu cabra. (*João entrega a gaita.*) Agora eu levo um tiro e vejo meu padrinho?

João Grilo

Vê, não vê, Chicó?

Chicó

Vê demais! Está lá, vestido de azul, com uma porção de anjinhos em redor. Ele até estava dizendo: "Diga a Severino que eu quero vê-lo."

Severino

Ai, eu vou. Atire, atire!

Cangaceiro

Capitão!

Severino

Atire, cabra frouxo, eu não estou mandando?

Cangaceiro

Capitão!

Severino

Atire!

João Grilo

Homem, atire logo pelo amor de Deus!

O Cangaceiro ergue o rifle.

SEVERINO

Espere. (*João, extremamente nervoso, ergue os braços para o céu.*) Não se esqueça de tocar na gaita.

CANGACEIRO

Não tenha cuidado, Capitão.

SEVERINO

Então atire.

O CANGACEIRO ergue o rifle de novo e atira. SEVERINO cai e o CANGACEIRO pega a gaita.

JOÃO GRILO

(*Impedindo-o.*) Não, deixe pra tocar depois! Deixe pobre de Severino conversar mais um pedaço com Padre Cícero! Essas ocasiões são poucas, é preciso aproveitar.

CANGACEIRO

Não, já deu tempo dele ver o padre. (*Toca na gaita.*) Capitão! (*Toca na gaita.*) Capitão! Capitão! (*Empurra Severino com o pé.*) Está morto!

JOÃO GRILO

Toque na gaita!

CANGACEIRO

(*Depois de tocar.*) Capitão! Ah, Grilo amaldiçoado, você matou o capitão!

JOÃO GRILO

Em cima dele, Chicó!

Atacam o CANGACEIRO. *Sem que ninguém veja a facada,* JOÃO GRILO *dá uns meneios e saltos de gato na frente do* CANGACEIRO, *que puxa um revólver.* CHICÓ *imobiliza os braços do* CANGACEIRO, *segurando-o por trás. Com uma das mãos força-o a apontar o revólver para o chão.*

JOÃO GRILO

Solte o homem, Chicó!

CHICÓ

Mas, João, soltar o homem com um revólver na mão?

JOÃO GRILO

Solte o homem, Chicó!

CHICÓ

João, se eu soltar o homem, ele mete-lhe o revólver na cara!

JOÃO GRILO

Solte o homem, Chicó!

CHICÓ

João, você está doido? Não está vendo que o homem passa-lhe fogo?!

JOÃO GRILO

Solte o homem, Chicó!

CHICÓ

Pois então tome!

Solta o CANGACEIRO, que cai ao chão.

JOÃO GRILO

Eu não lhe disse que soltasse, homem? Na primeira visagem que eu fiz na frente dele, meti-lhe a faca na barriga!

CHICÓ

João, meu filho, você é grande! Vamos embora!

JOÃO GRILO

Nada disso, só saio daqui com o testamento do cachorro.

Vai ao lugar onde está o corpo de SEVERINO e tira o dinheiro.

CHICÓ

João, de tudo isso eu só não entendo uma coisa.

JOÃO GRILO

O que é?

CHICÓ

Como foi que você adivinhou que Severino vinha e preparou a história da bexiga?

João Grilo

Eu não adivinhei coisa nenhuma, a bexiga estava preparada para a mulher do padeiro, quando ela viesse reclamar o preço do gato. Eu ia ver se convencia o marido dela a dar-lhe uma facada, pra experimentar a gaita e me vingar do que ela me fez. Severino meteu-se no meio porque quis e de enxerido que era.

Chicó

Vamos embora, João!

João Grilo

Mas Chicó, tenha vergonha, você ainda está com medo?

Chicó

Estou, João, com um pressentimento ruim danado!

João Grilo

Então vamos embora, mas deixe de agouro.

Chicó sai para a cidade, mas João para no limiar, erguendo teatralmente os braços.

João Grilo

E agora a vida boa e a independência, pra João Grilo e pra Chicó, graças à minha altíssima sabedoria e ao testamento do cachorro.

Chicó

(*De fora.*) João, venha embora pelo amor de Deus!

João Grilo

Já vou, Chicó, João Grilo já vai.

O Cangaceiro reergue dificilmente a cabeça, pega o rifle, atira em João e morre. João entra em cena segurando o espinhaço e senta-se no chão. Chicó volta correndo.

Chicó

Que foi isso, João?

João Grilo

O cabra estava vivo ainda e atirou em mim.

Chicó

Ai, minha Nossa Senhora, será que você vai morrer, João?

João Grilo

Acho que vou, Chicó, estou ficando com a vista escura.

Chicó

Ai, meu Deus, pobre de João Grilo vai morrer!

João Grilo

Deixe de latomia, Chicó, parece até que nunca viu um homem morrer! Nisso tudo eu só lamento é perder o testamento do cachorro.

Morre.

CHICÓ

João! João! Morreu! Ai meu Deus, morreu pobre de João Grilo! Tão amarelo, tão safado e morrer assim! Que é que eu faço no mundo sem João? João! João! Não tem mais jeito, João Grilo morreu. Acabou-se o Grilo mais inteligente do mundo. Cumpriu sua sentença e encontrou-se com o único mal irremediável, aquilo que é a marca de nosso estranho destino sobre a terra, aquele fato sem explicação que iguala tudo o que é vivo num só rebanho de condenados, porque tudo o que é vivo morre. Que posso fazer agora? Somente seu enterro e rezar por sua alma.

Entra na igreja, limpando as lágrimas, e aqui pode-se novamente interromper o espetáculo. Se se montar a peça com dois cenários, organiza-se então a cena para o julgamento que se segue. Mas pode-se continuá-lo com o mesmo cenário, usando-se somente pequenas modificações, já sugeridas no início e que o próprio texto a seguir esclarece.

Palhaço

(*Entrando.*) Peço desculpas ao distinto público que teve de assistir a essa pequena carnificina, mas ela era necessária ao desenrolar da história. Agora a cena vai mudar um pouco. João, levante-se e ajude a mudar o cenário. Chicó! Chame os outros.

Chicó

Os defuntos também?

Palhaço

Também.

Chicó

Senhor Bispo, Senhor Padre, Senhor Padeiro!

Aparecem todos.

Palhaço

É preciso mudar o cenário, para a cena do julgamento de vocês. Tragam o trono de Nosso Senhor! Agora a igreja vai servir de entrada para o céu e para o purgatório. O distinto público não se espante ao ver, nas cenas seguintes, dois demônios vestidos de vaqueiro, pois isso decorre de uma crença comum no sertão do Nordeste. Agora os mortos. Quem estava morto?

Bispo

Eu.

PALHAÇO

Deite-se ali.

PADRE

Eu também.

PALHAÇO

Deite-se junto dele. Quem mais?

JOÃO GRILO

Eu, o padeiro, a mulher, o sacristão, Severino e o cabra.

PALHAÇO

Deitem-se todos e morram.

JOÃO GRILO

Um momento.

PALHAÇO

Homem, morra, que o espetáculo precisa continuar!

JOÃO GRILO

Espere, quer mandar no meu morredor?

PALHAÇO

O que é que você quer?

JOÃO GRILO

Já que tenho de ficar aqui morto, quero pelo menos ficar longe do sacristão.

PALHAÇO

Pois fique. Deite-se ali. E você, Chicó?

Chicó

Eu escapei. Estava na igreja, rezando pela alma de João Grilo.

Palhaço

Que bem precisada anda disso. Saia e vá rezar lá fora. Muito bem, com toda essa gente morta, o espetáculo continua e terão oportunidade de assistir a seu julgamento. Espero que todos os presentes aproveitem os ensinamentos desta peça e reformem suas vidas, se bem que eu tenha certeza de que todos os que estão aqui são uns verdadeiros santos, praticantes da virtude, do amor a Deus e ao próximo, sem maldade, sem mesquinhez, incapazes de julgar e de falar mal dos outros, generosos, sem avareza, sóbrios, castos e pacientes. E basta, se bem que seja pouco. Música.

Música de circo. O Palhaço sai dançando. Se se montar a peça em três atos ou houver mudança de cenário, começará aqui a cena do julgamento, com o pano abrindo e os mortos despertando.

João Grilo

(*Para o Cangaceiro.*) Mas me diga uma coisa, havia necessidade de você me matar?

Cangaceiro

E você não me matou?

João Grilo

Pois é por isso mesmo que eu reclamei. Você já estava desgraçado, podia ter-me deixado em paz.

Severino

Eu, por mim, agora que já morri, estou achando até bom. Pelo menos estou descansando daquelas correrias. Quem deve estar achando ruim é o bispo.

Bispo

Eu? Por quê? Estou até me dando bem!

João Grilo

É, estão todos muito calmos porque ainda não repararam naquele freguês que está ali, na sombra, esperando que nós acordemos.

Padre

Quem é?

João Grilo

Você ainda pergunta? Desde que cheguei que comecei a sentir um cheiro ruim danado. Essa peste deve ser um diabo.

Demônio

(*Saindo da sombra, severo.*) Calem-se todos. Chegou a hora da verdade.

Severino

Da verdade?

Demônio

Da verdade, sim.

João Grilo

Então já sei que estou desgraçado, porque comigo era na mentira.

Demônio

Vocês agora vão pagar tudo o que fizeram.

Padre

Mas o que foi que eu fiz?

Demônio

Silêncio! Chegou a hora do silêncio para vocês e do comando para mim. E calem-se todos. Vem chegando agora quem pode mais do que eu e do que vocês. Deitem-se! Deitem-se! Ouçam o que estou dizendo, senão será pior!

Desde que ele começou a falar, soam ritmadamente duas pancadas, fortes e secas, de tambor e uma de prato, com uma pausa mais ou menos longa entre elas, ruído que deve se repetir até a aparição do ENCOURADO. *Este é o diabo, que, segundo uma crença do sertão do Nordeste, é um homem que se veste como vaqueiro. Esta cena deve se revestir de um caráter meio grotesco, pois a ordem que o* DEMÔNIO *dá, mandando que os personagens se deitem, já insinua o fato de que o maior desejo do diabo é imitar Deus, resultado de seu orgulho grotesco. E tanto é assim, que ele tenta conseguir aí pela intimidação o tributo que Jesus terá depois, espontaneamente, quando de sua entrada. O* BISPO *é o único a esboçar um movimento de obediência, mas, antes que ele se deite, o* ENCOURADO *entra, dando pancadas de rebenque na perna e ajustando suas luvas de couro. Os mortos começam a tremer exageradamente e o* DEMÔNIO *corre pra junto dele, servil e pressuroso.*

DEMÔNIO

Desculpe, fiz tudo para que eles se deitassem, mas não houve jeito.

ENCOURADO

(*Ríspido.*) Cale-se. Você nunca passará de um imbecil. Como se eu vivesse fazendo questão de ser recebido dessa ou daquela maneira!

DEMÔNIO

Peço-lhe desculpas, não foi isso que eu quis dizer.

ENCOURADO

Foi exatamente isso que você quis dizer. É terrível ter-se um sonho como o que eu tive e ver que ele vai ancorar nesse embrutecimento da inteligência e da dignidade!

DEMÔNIO

Isso pode acontecer comigo. Eu posso me sentir assim, mas o senhor...

ENCOURADO

Cale-se, já disse! Que me importa o que você faz ou sente? O que me desgosta é ver minha imagem refletida em você, uma imagem profundamente repugnante. Mas vamos aos fatos. Que vergonha! Todos tremendo! Tão corajosos antes, tão covardes agora! O senhor bispo, tão cheio de dignidade, o padre, o valente Severino... E você, o Grilo que enganava todo o mundo, tremendo como qualquer safado!

JOÃO GRILO

Que é que posso fazer? Já disse mais de cem vezes a mim que não tremesse e tremo. Desde que ouvi aquelas pancadas que comecei a sentir um calafrio danado.

ENCOURADO

E tem razão, porque o que vai lhe acontecer é coisa muito séria. (*Sorrindo.*) É engraçado como vocês empregam às vezes a palavra exata, sem terem consciência perfeita do fato. O que você sentiu foi exatamente um arrepio de danado. (*Severo, ao* DEMÔNIO.) Leve todos para dentro.

SEVERINO

Ai meu Deus, vou pagar minhas mortes no inferno!

BISPO

Senhor demônio, tenha compaixão de um pobre bispo!

ENCOURADO

Ah, compaixão... Como pilhéria é boa! Vamos, todos para dentro. Para dentro, já disse. Todos para o fogo eterno, para padecer comigo.

O DEMÔNIO começa a perseguir os mortos e o alarido deles é terrível. Ele vai agarrando um por um e os mortos vão se desvencilhando, aos gritos.

BISPO

Ai! Leve o padre!

PADRE

Ai! Leve o sacristão!

SACRISTÃO

Ai! Leve Severino!

SEVERINO

Ai! Leve o cabra!

JOÃO GRILO

Parem, parem! Acabem com essa molecagem!

Seu grito é tão grande que todos param e o silêncio se faz.

JOÃO GRILO

Acabem com essa molecagem. Diabo dum barulho danado! É assim, é? É assim, é?

ENCOURADO

Assim como?

JOÃO GRILO

É assim, de vez? É só dizer "pra dentro" e vai tudo? Que diabo de tribunal é esse que não tem apelação?

ENCOURADO

É assim mesmo e não tem para onde fugir!

JOÃO GRILO

Sai daí, pai da mentira! Sempre ouvi dizer que para se condenar uma pessoa ela tem de ser ouvida!

BISPO

Eu também. Boa, João Grilo!

PADRE

Boa, João Grilo!

MULHER

Boa, João Grilo!

PADEIRO

Você achou boa?

MULHER

Achei.

PADEIRO

Então eu também achei. Boa, João Grilo!

SEVERINO

É isso mesmo e eu vou apelar para Nosso Senhor Jesus Cristo, que é quem pode saber.

ENCOURADO

Besteira, maluquice!

PADRE

Besteira ou maluquice, eu também apelo. Senhor Jesus, certo ou errado, eu sou um padre e tenho meus direitos. Quero ser julgado, antes de ser entregue ao diabo.

Aqui começam a soar pancadas de sino, no mesmo ritmo das de tambor anteriores. O ENCOURADO começa a ficar agitado.

JOÃO GRILO

Ah! pancadinhas benditas! Oi, está tremendo? Que vergonha, tão corajoso antes, tão covarde agora! Que agitação é essa?

ENCOURADO

Quem está agitado? É somente uma questão de inimizade. Tenho o direito de me sentir mal com aquilo que me desagrada.

JOÃO GRILO

Eu, pelo contrário, estou me sentindo muito bem. Sinto-me como se minha alma quisesse cantar.

BISPO

(*Estranhamente emocionado.*) Eu também. É estranho, nunca tinha experimentado um sentimento como esse. Mas é uma vontade esquisita, pois não sei bem se ela é de cantar ou de chorar.

Esconde o rosto entre as mãos. As pancadas do sino continuam e toca uma música de aleluia. De repente, João ajoelha-se, como que levado por uma força irresistível e fica com os olhos fixos fora. Todos vão-se ajoelhando vagarosamente. O Encourado volta rapidamente as costas, para não ver o Cristo que vem entrando. É um preto retinto, com uma bondade simples e digna nos gestos e nos modos. A cena ganha uma intensa suavidade de iluminura. Todos estão de joelhos, com o rosto entre as mãos.

Encourado

(*De costas, grande grito, com o braço ocultando os olhos.*) Quem é? É Manuel?

Manuel

Sim, é Manuel, o Leão de Judá, o Filho de Davi. Levantem-se todos, pois vão ser julgados.

João Grilo

Apesar de ser um sertanejo pobre e amarelo, sinto perfeitamente que estou diante de uma grande figura. Não quero faltar com o respeito a uma pessoa tão importante, mas se não me engano aquele sujeito acaba de chamar o senhor de Manuel.

MANUEL

Foi isso mesmo, João. Esse é um de meus nomes, mas você pode me chamar também de Jesus, de Senhor, de Deus... Ele gosta de me chamar Manuel, ou Emanuel, porque pensa que assim pode se persuadir de que sou somente homem. Mas você, se quiser, pode me chamar de Jesus.

JOÃO GRILO

Jesus?

MANUEL

Sim.

JOÃO GRILO

Mas, espere, o senhor é que é Jesus?

MANUEL

Sou.

JOÃO GRILO

Aquele Jesus a quem chamavam Cristo?

JESUS

A quem chamavam, não, que era Cristo. Sou, por quê?

JOÃO GRILO

Porque... não é lhe faltando com o respeito não, mas eu pensava que o senhor era muito menos queimado.

BISPO

Cale-se, atrevido.

MANUEL

Cale-se você. Com que autoridade está repreendendo os outros? Você foi um bispo indigno de minha Igreja, mundano, autoritário, soberbo. Seu tempo já passou. Muita oportunidade teve de exercer sua autoridade, santificando-se através dela. Sua obrigação era ser humilde, porque quanto mais alta é a função, mais generosidade e virtude requer. Que direito tem você de repreender João porque falou comigo com certa intimidade? João foi um pobre em vida e provou sua sinceridade exibindo seu pensamento. Você estava mais espantado do que ele e escondeu essa admiração por prudência mundana. O tempo da mentira já passou.

JOÃO GRILO

Muito bem. Falou pouco mas falou bonito. A cor pode não ser das melhores, mas o senhor fala bem que faz gosto.

MANUEL

Muito obrigado, João, mas agora é sua vez. Você é cheio de preconceitos de raça. Vim hoje assim de propósito, porque sabia que isso ia despertar comentários. Que vergonha! Eu, Jesus, nasci branco e quis nascer judeu, como podia ter nascido preto. Para mim, tanto faz um branco como um preto. Você pensa que eu sou americano para ter preconceito de raça?

Padre

Eu, por mim, nunca soube o que era preconceito de raça.

Encourado

(*Sempre de costas pra* Manuel.) É mentira. Só batizava os meninos pretos depois dos brancos.

Padre

Mentira! Muitas vezes batizei os pretos na frente.

Encourado

Muitas vezes, não, poucas vezes; e, mesmo essas poucas, quando os pretos eram ricos.

Padre

Prova de que eu não me importava com a cor, de que o que me interessava...

Manuel

Era a posição social e o dinheiro, não é, Padre João? Mas deixemos isso, sua vez há de chegar. Pela ordem, cabe a vez ao bispo. (*Ao* Encourado.) Deixe de preconceitos e fique de frente.

Encourado

(*Sombrio.*) Aqui estou bem.

Manuel

Como queira. Faça seu relatório.

João Grilo

Foi gente que eu nunca suportei: promotor, sacristão, cachorro e soldado de polícia. Esse aí é uma mistura disso tudo.

Manuel

Silêncio, João, não perturbe. (*Ao Encourado.*) Faça a acusação do bispo. (*Aqui, por sugestão de Clênio Wanderley, o Demônio traz um grande livro que o Encourado vai lendo.*)

Encourado

Simonia: negociou com o cargo, aprovando o enterro de um cachorro em latim, porque o dono lhe deu seis contos.

Bispo

E é proibido?

Encourado

Homem, se é proibido eu não sei. O que eu sei é que você achava que era e depois, de repente, passou a achar que não era. E o trecho que foi cantado no enterro é uma oração da missa dos defuntos.

Bispo

Isso é aí com meu amigo sacristão. Quem escolheu o pedaço foi ele.

Encourado

Falso testemunho: citou levianamente o Código Canônico, primeiro para condenar o ato do padre e contentar o ricaço Antônio Moraes, depois para justificar o enterro. Velhacaria: esse bispo tinha fama de grande administrador, mas não passava de um político, apodrecido de sabedoria mundana.

Bispo

Quem fala! Um desgraçado que se perdeu por causa disso...

Manuel

Não interrompa, não é momento para se discutir isso. Pode continuar.

Encourado

Arrogância e falta de humildade no desempenho de suas funções: esse bispo, falando com um pequeno, tinha um orgulho só comparável à subserviência que usava para tratar com os grandes. Isto sem se falar no fato de que vivia com um santo homem, tratando-o sempre com o maior desprezo.

Bispo

Com um santo homem, eu?

Encourado

Sim, o frade.

Bispo

Só aquele imbecil mesmo pode ser chamado de santo homem!

Encourado

O processo de santificação dele está encaminhado por aí. Ele acaba de pedir para ser missionário e vai ser martirizado. Pra mim isso não passa de uma tolice, mas aí pra Manuel você está se desgraçando.

Bispo

Mas é possível que aquele frade...

Manuel

É perfeitamente possível e não diga mais nada. Mais alguma coisa?

Encourado

Não, estou satisfeito.

Manuel

Então, acuse o padre.

Padre

De mim ele não tem nada o que dizer!

Encourado

É o que você pensa, minha safra hoje está garantida. Tudo o que eu disse do bispo pode se aplicar ao padre. Simonia, no enterro do cachorro, velhacaria, política mundana, arrogância com os pequenos, subserviência com os grandes.

Padre

Mas não citei o Código Canônico em falso.

Encourado

Em compensação, acaba de incorrer em falta de coleguismo com o bispo.

Padre

E o que eu fizer aqui ainda voga?

Manuel

Não, isso é confusão do demônio.

Encourado

E ele tinha ainda outro defeito que o bispo nunca teve.

Padre

Qual era?

Encourado

A preguiça. Deixava tudo nas costas do sacristão e a paróquia ficava completamente entregue a esse patife, por sua culpa.

Sacristão

Patife é você.

João Grilo

(*Ao Sacristão.*) Homem, que o diabo deve ser pior do que você, deve, mas você tinha uma ruindade bem apurada!

Manuel

Silêncio, João, já lhe disse que não interrompesse.

João Grilo

O senhor me desculpe, mas a língua fica balançando na boca que chega me dá uma agonia. Eu posso ouvir um safado desses dizendo que prestava e ficar calado?

Manuel

Deixe a acusação para o colega dele.

Sacristão

Colega?

Manuel

É brincadeira minha, mas, depois que João chamou minha atenção, notei que o diabo tem mesmo um jeito assim de sacristão.

Encourado

Protesto contra essas brincadeiras! Aqui é um lugar sério.

Manuel

Calma, rapaz, você não está no inferno. Lá, sim, é um lugar sério. Aqui pode-se brincar. Acuse o sacristão.

Encourado

Esse sujeito foi quem tramou a história do enterro. Foi ele quem saiu cantando o trecho da missa atrás do cachorro, com olho nos três contos. Hipocrisia e autossuficiência, chegaram aí, ficaram. E, além de tudo, roubava a igreja.

Padre

Ah patife!

Manuel

Ah patife não, Padre João, o senhor devia dizer "Ah patifes", porque faz tempo que eu não vejo tanta coisa ruim junta. E o padeiro?

Encourado

Ele e a mulher foram os piores patrões que Taperoá já viu.

Mulher

É mentira!

João Grilo

É não, é verdade. Três dias passei...

Manuel

Em cima de uma cama, com febre, e nem um copo d'água lhe mandaram. Já sei, João, todo mundo já sabe dessa história, de tanto ouvir você contar.

João Grilo

Mas eu posso? Me diga mesmo se eu posso! Bife passado na manteiga pra o cachorro e fome pra João Grilo. É demais!

Encourado

Avareza do marido, adultério da mulher. Bem medido e bem pesado, cada um era pior do que o outro.

João Grilo

Está aí Chicó que o diga.

MANUEL

Chicó?

JOÃO GRILO

Ah, é verdade, Chicó ficou. Já estava tão acostumado a aperrear pobre de Chicó que me esqueci de que ele tinha ficado. É um amigo meu.

MANUEL

Eu o conheço, estou até de olho nele por causa das histórias que vive contando.

JOÃO GRILO

Aquilo é o sol. Não vá ligar isso não. O sol do sertão é quente e Chicó começa a ver demais. É o sol.

MANUEL

(*Ao ENCOURADO.*) Anote aí negação do livre-arbítrio contra João.

ENCOURADO

Está anotado.

MANUEL

Pois desanote. Não está vendo que é brincadeira? João sabe lá o que é livre-arbítrio, homem?

JOÃO GRILO

É isso mesmo, desanote e não tem nada de fazer cara feia, que não adianta. Eu não sei o que é isso não, mas sei que você quer é me desgraçar.

MANUEL

Acuse Severino e o cabra dele.

ENCOURADO

E precisa? São dois cangaceiros conhecidos. Mataram mais de trinta.

MANUEL

É verdade?

SEVERINO

É. Matei, não vou negar.

ENCOURADO

Acho que basta. Inferno nele.

MANUEL

Espere, isso também não é assim de repente não! Davi fez coisa muito pior, traindo o amigo com a mulher e mandando ainda por cima o pobre morrer na guerra; e, no entanto, era meu avô e grande amigo meu, um santo de quem você não tem coragem nem de pronunciar o nome.

JOÃO GRILO

Tenho visto poucos sujeitos levar carão e ficar com cara lisa como esse.

ENCOURADO

É, você está muito engraçado agora, mas Manuel é justo e quando ele me entregar vocês, há de ver que com o diabo não se brinca.

JOÃO GRILO

E quem disse que ele vai nos entregar?

ENCOURADO

Você acha pouco? Eu não estou vendo os olhos dele, porque estou de costas, mas pressinto essas coisas. A situação está favorável pra mim e dura pra vocês.

Começa a rir e todos começam a tremer.

MULHER

É verdade, senhor?

MANUEL

É verdade, a situação está ruim para vocês, porque as acusações são graves.

BISPO

Ai meu Deus! Valha-me Deus! Valha-me Deus nessa hora de angústia.

PADRE

São João, meu padroeiro, não me deixe ir para o inferno, pelo amor de Deus.

ENCOURADO

Está aí quem é maior do que esse *não sei o quê* e vai me entregar você.

MULHER

(*Ao PADEIRO.*) Homem, tenha coragem pelo menos agora e dê uma palavra em nosso favor.

PADEIRO

Estou vendo se acho algum santo padeiro, pra me pegar com ele.

ENCOURADO

O que me diverte nisso tudo é ver esse amarelo tremendo de medo. Coragem, João Grilo, uma pessoa como você tremendo?

JOÃO GRILO

Não sou eu, é meu corpo, mas a cabeça está trabalhando.

MANUEL

Está mesmo, João?

JOÃO GRILO

Está, Nosso Senhor, e se a tremedeira parasse eu era capaz de me defender.

MANUEL

Pois pode parar.

JOÃO GRILO

(*Parando e respirando.*) Que alívio, já estava ficando cansado. O que é isso?

MANUEL

É besteira do demônio. Esse sujeito tem mania de fazer mágica.

JOÃO GRILO

Eu logo vi que isso só podia ser confusão desse catimbozeiro.

MANUEL

E agora? Que é que você diz em sua defesa? Sei que você é astuto, mas não pode negar o fato de que foi acusado.

JOÃO GRILO

O senhor vai-me desculpar, mas eu não fui acusado de coisa nenhuma.

MANUEL

Não?

ENCOURADO

Foi mesmo não. Começou com uma confusão tão grande que eu me esqueci de acusá-lo. Vou começar.

JOÃO GRILO

Você não vai começar coisa nenhuma, porque a hora de acusar já passou.

MANUEL

Deixe de chicana, João, você pensa que isso aqui é o palácio da justiça? Pode acusar.

ENCOURADO

Agora você me paga, amarelo! O sacristão, o padre e o bispo fizeram o enterro do cachorro, mas a história foi toda tramada por ele. E vendeu um gato à mulher do padeiro dizendo que ele botava dinheiro.

JOÃO GRILO

Mentira, Nosso Senhor.

MANUEL

Verdade, João Grilo.

JOÃO GRILO

É, é verdade, mas do jeito que eles me pagavam, o jeito era eu me virar. Além disso eu estava com pena do gato, tão abandonado, e queria que ele passasse bem.

MULHER

É, e nessa pena levou meus quinhentos mil-réis!

ENCOURADO

Depois, foi ele quem matou Severino e o cabra dele, com uma história de gaita, Padre Cícero e não sei que mais.

JOÃO GRILO

Legítima defesa, Nosso Senhor!

ENCOURADO

Mentira, Manuel!

MANUEL

Verdade, demônio!

ENCOURADO

Mas não se esqueça de que a história estava preparada para a mulher do padeiro.

MANUEL

É verdade, aí você passou da conta, João. E tudo por causa do bife passado na manteiga!

Encourado

De modo que o caso dele é sem jeito. É o primeiro que vou levar. Essa é boa, João Grilo, o amarelo, que enganava todo mundo, vai levar na cabeça!

João Grilo

Ah e você pensa que eu me entreguei? Pode ser que eu vá, mas não é assim não!

Bispo

Mas é caso sem jeito, João. Ai meu Deus!

Padre

Ai meu Deus!

Sacristão

Ai meu Deus!

João Grilo

(*A Manuel.*) Olhe a besteira deles: Deus aqui e eles gritando por Deus!

Manuel

E por quem eles iriam gritar?

João Grilo

Por alguém que está mais perto de nós, por gente que é gente mesmo!

Manuel

E eu não sou gente, João? Sou homem, judeu, nascido em Belém, criado em Nazaré, fui ajudante de carpinteiro... Tudo isso vale alguma coisa.

João Grilo

O senhor quer saber de uma coisa? Eu vou lhe ser franco: o senhor é gente, mas não muito, não! É gente e ao mesmo tempo é Deus, é uma misturada muito grande. Meu negócio é com outro.

Bispo

Agora a gente está desgraçado de vez. João, isso é coisa que se diga?

Manuel

Mas o que foi que João disse de mais? Tudo isso é verdade, porque eu sou homem e sou Deus!

Encourado

Homem, dê-se ao respeito!

Manuel

Esse respeito de que você fala foi coisa que eu nunca soube impor, graças a Deus.

João Grilo

Eu, se fosse o senhor, nunca diria "Graças a Deus!"

Manuel

Por quê? É uma coisa que todo mundo diz, João!

João Grilo

O senhor não é Deus?

Manuel

Sou.

João Grilo

Pois eu, se fosse Deus, só diria "Graças a mim".

MANUEL

Pra quê, João?

JOÃO GRILO

Pra fazer inveja ao diabo.

ENCOURADO

A confusão já começa. Apelo para a justiça.

JOÃO GRILO

E eu para a misericórdia.

PADRE

Acho que nosso caso é sem jeito, João. Em Deus não existe contradição entre a justiça e a misericórdia. Já fomos julgados pela justiça, a misericórdia dirá a mesma coisa.

JOÃO GRILO

E quem foi que disse que nós já fomos julgados pela justiça?

PADRE

Você mesmo ouviu Nosso Senhor dizer que a situação era difícil.

JOÃO GRILO

E difícil quer dizer sem jeito? Sem jeito! Sem jeito por quê? Vocês são uns pamonhas, qualquer coisinha estão arriando! Não vê que tiveram tudo, na terra? Se tivessem tido que aguentar o rojão de João Grilo, passando fome e comendo macambira na seca, garanto que tinham mais coragem. Quer ver eu dar um jeito nisso, Padre João?

PADRE

Quero, João!

JOÃO GRILO

E você, Senhor Bispo?

BISPO

Eu também, João.

JOÃO GRILO

Padeiro?

PADEIRO

Veja o que pode fazer, João.

JOÃO GRILO

Severino? Mulher e cabra?

MULHER

Nós também. Nossa esperança é você.

JOÃO GRILO

Tudo precisando de João Grilo! Pois vou dar um jeito.

ENCOURADO

É isso que eu quero ver.

MANUEL

Com quem você vai se pegar, João? Com algum santo?

JOÃO GRILO

O senhor não repare não, mas de besta eu só tenho a cara. Meu trunfo é maior do que qualquer santo.

Manuel

Quem é?

João Grilo

A mãe da justiça.

Encourado

(*Rindo.*) Ah, a mãe da justiça! Quem é essa?

Manuel

Não ria, porque ela existe.

Bispo

E quem é?

Manuel

A misericórdia.

Severino

Foi coisa que nunca conheci. Onde mora? E como chamá-la?

João Grilo

Ah isso é comigo. Vou fazer um chamado especial, em verso. Garanto que ela vem, querem ver? (*Recitando.*)

Valha-me Nossa Senhora,
Mãe de Deus de Nazaré!
A vaca mansa dá leite,
a braba dá quando quer.
A mansa dá sossegada,
a braba levanta o pé.
Já fui barco, fui navio,

mas hoje sou escaler.
Já fui menino, fui homem,
só me falta ser mulher.

ENCOURADO

Vá vendo a falta de respeito, viu?

JOÃO GRILO

Falta de respeito nada, rapaz! Isso é o versinho de Canário Pardo que minha mãe cantava pra eu dormir. Isso tem nada de falta de respeito!

Já fui barco, fui navio,
mas hoje sou escaler.
Já fui menino, fui homem,
só me falta ser mulher.
Valha-me Nossa Senhora,
Mãe de Deus de Nazaré.

Cena igual à da aparição de Nosso Senhor, e Nossa Senhora, A COMPADECIDA, *entra.*

ENCOURADO

(*Com raiva surda.*) Lá vem a Compadecida! Mulher em tudo se mete!

JOÃO GRILO

Falta de respeito foi isso agora, viu? A senhora se zangou com o verso que eu recitei?

A Compadecida

Não, João, por que eu iria me zangar? Aquele é o versinho que Canário Pardo escreveu para mim e que eu agradeço. Não deixa de ser uma oração, uma invocação. Tem umas graças, mas isso até a torna alegre e foi coisa de que eu sempre gostei. Quem gosta de tristeza é o diabo.

João Grilo

É porque esse camarada aí, tudo o que se diz ele enrasca a gente, dizendo que é falta de respeito.

A Compadecida

É máscara dele, João. Como todo fariseu, o diabo é muito apegado às formas exteriores. É um fariseu consumado.

Encourado

Protesto.

Manuel

Eu já sei que você protesta, mas não tenho o que fazer, meu velho. Discordar de minha mãe é que não vou.

Encourado

Grande coisa esse chamego que ela faz pra salvar todo mundo! Termina desmoralizando tudo.

Severino

Você só fala assim porque nunca teve mãe.

JOÃO GRILO

É mesmo, um sujeito ruim desse, só sendo filho de chocadeira!

A COMPADECIDA

E pra que foi que você me chamou, João?

JOÃO GRILO

É que esse filho de chocadeira quer levar a gente pra o inferno. Eu só podia me pegar, mesmo, com a senhora.

ENCOURADO

As acusações são graves. Seu filho disse que há tempo não via tanta coisa ruim, junta!

A COMPADECIDA

Ouvi as acusações.

ENCOURADO

E então?

JOÃO GRILO

E então? Você ainda pergunta? Maria vai-nos defender. Padre João, puxe aí uma Ave-Maria!

PADRE

(*Ajoelhando-se.*) Ave Maria, cheia de graça, o Senhor é convosco, bendita sois vós entre as mulheres, bendito é o fruto de vosso ventre, Jesus.

JOÃO GRILO

Um momento, um momento. Antes de respondermos, lembrem-se de dizer, em vez de "agora *e* na hora de nossa morte", "agora *na* hora de nossa morte", porque do jeito que nós estamos, está tudo misturado.

TODOS

Santa Maria, mãe de Deus, rogai por nós, pecadores, agora na hora de nossa morte. Amém.

A COMPADECIDA

Não precisava fazer a modificação, João. Eu entenderia.

JOÃO GRILO

É, a senhora eu acredito que entendesse, mas aquele sujeito ali, com muito menos do que isso, faz uma confusão.

A COMPADECIDA

Está bem, vou ver o que posso fazer.

JOÃO GRILO

(*Ao ENCOURADO.*) Está vendo? Isso aí é gente e gente boa, não é filha de chocadeira não! Gente como eu, pobre, filha de Joaquim e de Ana, casada com um carpinteiro, tudo gente boa.

MANUEL

E eu, João? Estou esquecido nesse meio?

JOÃO GRILO

Não é o que eu digo, Senhor? A distância entre nós e o senhor é muito grande. Não é por nada não, mas sua mãe é gente como eu, só que gente muito boa, enquanto que eu não valho nada. (*Ocorrendo-lhe a brincadeira.*) Mas, com toda desgraça, acho que sou menos ruim do que o sacristão.

A Compadecida

Intercedo por esses pobres que não têm ninguém por eles, meu filho. Não os condene.

Manuel

Que é que eu posso fazer? Esse aí era um bispo avarento, simoníaco, político...

A Compadecida

Mas isso é a única coisa que se pode dizer contra ele. E era trabalhador, cumpria suas obrigações nessa parte. Era de nosso lado e quem não é contra nós é por nós.

Manuel

O padre e o sacristão...

Gesto de desânimo.

A Compadecida

É verdade que não eram dos melhores, mas você precisa levar em conta a língua do mundo e o modo de acusar do diabo. O bispo trabalhava e por isso era chamado de político e de mero administrador. Já com esses dois a acusação é pelo outro lado. É verdade que eles praticaram atos vergonhosos, mas é preciso levar em conta a pobre e triste condição do homem.

A carne implica essas coisas turvas e mesquinhas. Quase tudo o que eles faziam era por medo. Eu conheço isso, porque convivi com os homens: começam com medo, coitados, e terminam por fazer o que não presta, quase sem querer. É medo.

Encourado

Medo? Medo de quê?

Bispo

Ah, senhor, de muitas coisas. Medo da morte...

Padre

Medo do sofrimento...

Sacristão

Medo da fome...

Padeiro

Medo da solidão. Perdoei minha mulher na hora da morte, porque a amava e porque sempre tive um medo terrível da solidão.

Manuel

E é a mim que vocês vêm dizer isso, a mim que morri abandonado até por meu Pai!

A Compadecida

Era preciso e eu estava a seu lado. Mas não se esqueça da noite no jardim, do medo por que você teve de passar, pobre homem, feito de carne e de sangue, como qualquer outro e, como qualquer outro, abandonado diante da morte e do sofrimento.

João Grilo

Ouvi dizer que até suar sangue o senhor suou!

Manuel

É verdade, João, mas você não sabe do que está falando. Só eu sei o que passei naquela noite!

A Compadecida

Seja então compassivo com quem é fraco.

Manuel

Mas esses dois? Você mesma via daqui e comentava o que eles faziam com João Grilo e os outros empregados na padaria!

João Grilo

Se é por mim, não há dificuldade, porque eu sou tão sem-vergonha, que já me esqueci de tudinho.

Manuel

Devia ter esquecido lá, João. Pode alegar alguma coisa em favor deles?

A Compadecida

O perdão que o marido deu à mulher na hora da morte, abraçando-se com ela para morrerem juntos.

Manuel

Isso pode se dizer em favor dele. Mas ela?

Encourado

Enganava o marido com todo mundo.

Mulher

Porque era maltratada por ele. Logo no começo de nosso casamento, começou a me enganar. A senhora não sabe o que eu passei, porque nunca foi moça pobre casada com homem rico, como eu. Amor com amor se paga.

A Compadecida

Eu entendo tudo isso mais do que você pensa. Sei o que as mulheres passam no mundo, se bem que não tenha do que me queixar, porque meu marido era o que se pode chamar um santo.

João Grilo

Grande novidade!

A Compadecida

O que, João?

João Grilo

Falei não.

Encourado

Falou, sim. Ele disse: "Grande novidade."

A Compadecida

Na verdade, João tem toda razão. Falei assim por falar, mas que São José era um santo, não é nenhuma novidade.

Encourado

A senhora está falando muito e vê-se perfeitamente sua proteção com esses nojentos, mas nada pôde dizer ainda em favor da mulher do padeiro.

A Compadecida

Já aleguei sua condição de mulher, escravizada pelo marido e sem grande possibilidade de se libertar. Que posso alegar ainda em seu favor?

Padeiro

A prece que fiz por ela antes de morrer. O mais ofendido pelos atos que ela praticava era eu e, no entanto, rezei por ela. Isso deve ter algum valor.

A Compadecida

E tem. Alego isso em favor dos dois.

Manuel

Está recebida a alegação.

A Compadecida

Quanto a Severino e ao cabra dele...

Manuel

Quanto a esses, deixe comigo. Estão ambos salvos.

Encourado

É um absurdo contra o qual...

Manuel

Contra o qual já sei que você protesta, mas não recebo seu protesto. Você não entende nada dos planos de Deus. Severino e o cangaceiro dele foram meros instrumentos de sua cólera. Enlouqueceram ambos, depois que a polícia matou a família deles e não eram responsáveis por seus atos. Podem ir pra ali.

Severino e o Cangaceiro abraçam os companheiros e saem para o céu.

Bispo

E nós?

Sacristão

Decida-se logo, por favor, porque essa ansiedade é pior do que qualquer outra coisa.

Manuel

Não diga isso, você não sabe o que se passa lá. Qualquer ansiedade é melhor do que aquilo.

Encourado

É, mas não posso ficar eternamente à espera. Qual é a sentença?

A Compadecida

Um momento, meu filho. Antes de dizer qualquer coisa, não se esqueça de que o frade absolveu a todos condicionalmente e rezou por eles.

Manuel

Pois não. Vou proferir a sentença.

João Grilo

Um momento, senhor. Posso dar uma palavra?

Manuel

Você o que é que acha, minha mãe?

A Compadecida

Deixe João falar.

Manuel

Fale, João.

João Grilo

Os cinco últimos lugares do purgatório estão desocupados?

Manuel

Estão.

João Grilo

Pegue esses cinco camaradas e bote lá!

A Compadecida

É uma boa solução, meu filho. Dá para eles pagarem o muito que fizeram e assegura a sua salvação.

João Grilo

E tem a vantagem de descontentar aquele camarada ali que é pior do que carne de cobra. Não está vendo ele ali, de costas?

Manuel

Estou.

João Grilo

Isso é de ruim.

Manuel

Minha mãe o que é que acha?

A COMPADECIDA

Eu ficaria muito satisfeita.

MANUEL

Então está concedido.

ENCOURADO

Não tem jeito não. Homem governado por mulher é sempre sem confiança!

MANUEL

Podem ir, vocês cinco.

Os cinco se despedem comovidamente de JOÃO GRILO.

JOÃO GRILO

Muito bem. Desmanchem essa cara de enterro e boa viagem para todos.

Saem todos.

MANUEL

E agora, nós, João Grilo. Por que sugeriu o negócio para os outros e ficou de fora?

JOÃO GRILO

Porque, modéstia à parte, acho que meu caso é de salvação direta.

Encourado

Era o que faltava! E a história que estava preparada para a mulher do padeiro?

Manuel

É, João, aquilo foi grave.

João Grilo

E o senhor vai dar uma satisfação a esse sujeito, me desgraçando para o resto da vida? Valha-me Nossa Senhora, mãe de Deus de Nazaré, já fui menino, fui homem...

A Compadecida

(*Sorrindo.*) Só lhe falta ser mulher, João, já sei. Vou ver o que posso fazer. (*A Manuel.*) Lembre-se de que João estava se preparando para morrer quando o padre o interrompeu.

Encourado

É, e apesar de todo o aperreio, ele ainda chamou o padre de cachorro bento.

A Compadecida

João foi um pobre como nós, meu filho. Teve de suportar as maiores dificuldades, numa terra seca e pobre como a nossa. Não o condene, deixe João ir para o purgatório.

João Grilo

Para o purgatório? Não, não faça isso assim não. (*Chamando a Compadecida à parte.*) Não repare eu dizer isso mas é que o diabo é muito negociante e com esse povo a gente pede mais, para impressionar. A senhora pede o céu, porque aí o acordo fica mais fácil a respeito do purgatório.

A COMPADECIDA

Isso dá certo lá no sertão, João! Aqui se passa tudo de outro jeito! Que é isso? Não confia mais na sua advogada?

JOÃO GRILO

Confio, Nossa Senhora, mas esse camarada termina enrolando nós dois!

A COMPADECIDA

Deixe comigo. (*A MANUEL.*) Peço-lhe então, muito simplesmente, que não condene João.

MANUEL

O caso é duro. Compreendo as circunstâncias em que João viveu, mas isso também tem um limite. Afinal de contas, o mandamento existe e foi transgredido. Acho que não posso salvá-lo.

A COMPADECIDA

Dê-lhe então outra oportunidade.

MANUEL

Como?

A COMPADECIDA

Deixe João voltar.

MANUEL

Você se dá por satisfeito?

JOÃO GRILO

Demais. Pra mim é até melhor, porque daqui pra lá eu tomo cuidado pra a hora de morrer e não passo nem pelo purgatório, pra não dar gosto ao cão.

A COMPADECIDA

Então fica satisfeito?

JOÃO GRILO

Eu fico. Quem deve estar danado é o filho de chocadeira.

O ENCOURADO, furioso, volta-se para JOÃO, mas nesse momento dá um grande grito, deita-se no chão e rasteja até onde está a Virgem para que ela lhe ponha o pé sobre a nuca [cf. Gênesis, 3, 15], saindo depois.

JOÃO GRILO

Que foi que ele teve, meu Deus?

A COMPADECIDA

Na raiva, virou-se pra você e me viu.

JOÃO GRILO

Quer dizer que estou despachado, não é?

MANUEL

Não. Vou deixar que você volte, porque minha mãe me pediu, mas só deixo com uma condição.

João Grilo

Qual é?

Manuel

Você me fazer uma pergunta a que eu não possa responder. Pode ser?

João Grilo

Está difícil.

Manuel

É possível, você que é tão esperto?

João Grilo

Mais esperto do que eu é o senhor que me criou! Mas vou tentar sempre.

A Compadecida

Isto, João. Tenha coragem, não desanime, que eu estou aqui, torcendo por você.

João Grilo

Então estou garantido. Eu me lembro de que uma vez, quando padre João estava me ensinando catecismo, leu um pedaço do Evangelho. Lá se dizia que ninguém sabe o dia e a hora em que haverá o dia do Juízo, nem homem, nem os anjos que estão no céu, nem o Filho. Somente o Pai é que sabe. Está escrito lá, assim mesmo?

Manuel

Está. É no Evangelho de São Marcos, capítulo treze, versículo trinta e dois.

João Grilo

Isso é que é conhecer a Bíblia! O senhor é protestante?

Manuel

Sou não, João, sou católico.

João Grilo

Pois na minha terra, quando a gente vê uma pessoa boa e que entende de Bíblia, vai ver é protestante. Bom, se o senhor não faz objeção, minha pergunta é esta. Em que dia vai acontecer sua segunda ida ao mundo?

Manuel

João, isso é um grande mistério. É claro que eu sei, mas ninguém entenderia nada, se eu explicasse. Nem posso explicar nada agora, porque você vai voltar e isso faz parte de minha vida íntima com meu Pai.

João Grilo

Então deixe eu ir-me embora. Acredito que o senhor saiba, isso faz parte de sua vida íntima com o senhor seu Pai, mas o que o senhor disse foi que eu podia voltar se lhe fizesse uma pergunta a que o senhor *não pudesse* responder.

A Compadecida

É verdade, meu filho.

Manuel

Eu sei, mas para que você não fique cheio de si, vou lhe confessar que já sabia que você ia-se sair bem.

Minha mãe já tinha combinado tudo comigo, mas você estava precisado de levar uns apertos. Estava ficando muito saído.

JOÃO GRILO

Quer dizer que posso voltar?

MANUEL

Pode, João, vá com Deus!

JOÃO GRILO

Com Deus e com Nossa Senhora, que foi quem me valeu! (*Ajoelhando-se diante de Nossa Senhora e beijando-lhe a mão.*) Até à vista, grande advogada. Não me deixe de mão não, estou decidido a tomar jeito, mas a senhora sabe que a carne é fraca.

A COMPADECIDA

Até à vista, João.

JOÃO GRILO

(*Beijando a mão do Cristo.*) Muito obrigado, Senhor. Até à vista.

MANUEL

Até à vista, João.

JOÃO bota o velho e esburacado chapéu de palha na cabeça e vai saindo.

MANUEL

João!

João Grilo

Senhor?

Manuel

Veja como se porta.

João Grilo

Sim senhor.

Sai de chapéu na mão, sério, curvando-se.

Manuel

Se a senhora continuar a interceder desse jeito por todos, o inferno vai terminar como disse Murilo: feito repartição pública, que existe mas não funciona.

Palhaço

(*Entrando.*) Aqui, sinto interromper a conversa de dois atores tão importantes, mas é preciso arrumar novamente a cena para o enterro de João. Estamos novamente na terra. Levem seus tronos, por favor, enquanto se ajeita o resto do cenário e o espetáculo continua. (*Depois da saída dos dois atores.*) Chicó arranjou uma rede e colocou nela o corpo do amigo. Vamos enterrá-lo, ele e eu. Vai começar o quadro final da peça.

O Palhaço sai e volta logo, segurando um dos punhos da rede em que João vai se enterrar. Segurando o outro punho, entra Chicó.

Chicó

Ai, ai, nunca pensei que João fosse tão pesado!

Palhaço

Vamos descansar um pouco, que o cemitério é longe.

Deitam o corpo, dentro da rede, no chão e sentam-se um pouco, enxugando o suor.

Chicó

Quando eu penso que pobre de João não tem nem direito a um enterro em latim! Coitado, está mais abandonado do que o cachorro do padeiro. Pobre de João!

João Grilo

(*Erguendo a cabeça pra fora da rede.*) É, pobre de João agora, mas nesse instante vinha reclamando meu peso.

Chicó

Você ouviu alguma coisa?

Palhaço

Eu não!

CHICÓ

Pois eu ouvi direitinho a fala de João!

PALHAÇO

Ai, ai, ai, você já começa com suas histórias!

JOÃO GRILO

(*Com voz de alma.*) Um Pai-Nosso e uma Ave-Maria pra essa alma que aqui pena!

CHICÓ

Ai!

PALHAÇO

Ai! Chicó, me acuda que é a alma de João!

CHICÓ

Valha-me Nossa Senhora! João, pelo amor de Deus, se lembre de que fui seu amigo!

JOÃO GRILO

(*Saltando fora da rede.*) Estou aqui, Chicó!

CHICÓ

Ai!

PALHAÇO

Ai! Corre, Chicó!

CHICÓ

E eu posso? Acho que minhas pernas caíram!

PALHAÇO

Então vá-se danar, porque eu vou!

Sai correndo. CHICÓ ajoelha-se.

João Grilo

(*Cruzando os braços.*) Tenha vergonha, Chicó! Um homem desse tamanho com medo de alma! Nem coragem pra correr teve!

Chicó

Ai meu Deus, é João! João, dizei-me o que quereis e se estais no céu, no inferno ou no purgatório!

João Grilo

Olhe a besteira dele! Fica logo com fala de alma: "João, dizei-me se estais não sei o quê!" Tenha vergonha, Chicó, estou vivo!

Chicó

É alma e da ruim, daquela que diz que está viva. Ai, minha Nossa Senhora!

João Grilo

(*Dando-lhe uma tapa.*) Levante, Chicó. Não está vendo que sou eu? Estou vivo, rapaz!

Chicó

É possível?

João Grilo

Tanto é possível que estou aqui.

Chicó

Eu só acredito vendo.

João Grilo

(*Aproximando-se.*) Pois então veja.

CHICÓ

Ai!

JOÃO GRILO

Que é isso, homem? Você não disse que só acreditava vendo?

CHICÓ

Disse, mas não lhe pedi que mostrasse não!

JOÃO GRILO

E como é que vai ser agora, Chicó?

CHICÓ

Assim mesmo, eu sem acreditar e você sem me mostrar.

JOÃO GRILO

E nossa sociedade, nossa velha amizade, vão se acabar?

CHICÓ

Já estão acabadas. É contra meus princípios fazer sociedade com defunto!

JOÃO GRILO

Mas eu estou vivo, rapaz! Veja, pegue aqui no meu braço!

CHICÓ

Ai!

JOÃO GRILO

Tenha coragem, homem, pegue!

Com a maior cautela Chicó toca-lhe o braço e enfim se convence.

Chicó

Meu Deus, é mesmo! João! (*Abraça-o.*) Como foi isso, João?

João Grilo

Sei não, Chicó, acho que a bala pegou de raspão. Fiquei com a vista escura e, quando acordei, estava na rede e vocês iam me enterrar. Mas tenho uma notícia horrível para você.

Chicó

João, você tendo escapado, é o que basta. O que é que há?

João Grilo

Perdi o dinheiro!

Chicó

Que dinheiro, rapaz?

João Grilo

O testamento do cachorro! Quando acordei, meti a mão no bolso e não achei nada!

Chicó

Pode ficar descansado, João, o dinheiro da sociedade está aqui. Eu tirei de seu bolso, antes de você se enterrar.

João Grilo

Ah, cabra safado! Com pena de mim, mas não se esqueceu do dinheiro, hein?

Chicó

Homem, quer saber de uma coisa? Foi! Você já estava morto, esse dinheiro não ia mais lhe servir, achei que era mais seguro eu ficar com ele!

João Grilo

Fez bem, eu teria feito o mesmo. Quer dizer que estamos ricos?

Chicó

Estamos. Além do dinheiro do enterro, o que Severino tirou da padaria. Estamos ricos, João. Que acha de ficarmos com a padaria?

João Grilo

Grande ideia. (*Como quem vê a tabuleta.*) Padaria Miramar, João Grilo, Chicó & Cia. Que acha?

Chicó

Lindo. Mas João... Ai meu Deus, ai minha Nossa Senhora! Meu Deus, meu Deus! Meu Deus, meu Deus! Burro, burro!

João Grilo

Que é isso? Burro o quê? Burro é você!

Chicó

Sou eu mesmo, João, sou o maior burro que já apareceu por aqui! Ai meu Deus, ai minha Nossa Senhora!

João Grilo

O que é que há, rapaz?

Chicó

Coitado de mim, coitado de João! Era rico nesse instante e agora é pobre de novo!

João Grilo

Não me diga que perdeu o dinheiro!

Chicó

Perdi nada, está aqui! Ai meu Deus, ai minha Nossa Senhora!

João Grilo

E por que essa gritaria, homem de Deus?

Chicó

Eu pensei que você tinha morrido, João!

João Grilo

E o que é que tem isso, homem?

Chicó

Tem que eu, pensando que não tinha mais jeito, fiz uma promessa a Nossa Senhora pra dar todo o dinheiro a ela, se você escapasse!

João Grilo

Ai meu Deus, ai minha Nossa Senhora!

Chicó

Ai meu Deus, ai minha Nossa Senhora!

João Grilo

Mas Chicó, como é que se faz uma promessa dessas?

CHICÓ

E eu sabia lá que você ia escapar, desgraça? Oh homem duro de morrer, meu Deus!

JOÃO GRILO

Ah promessa desgraçada, ah promessa sem jeito, Chicó!

CHICÓ

Agora é tarde pra me dizer isso.

JOÃO GRILO

Não terá sido a metade que você prometeu?

CHICÓ

Não, João, foi tudo.

JOÃO GRILO

Ah promessa desgraçada, ah promessa sem jeito, Chicó!

CHICÓ

É, só reclama de mim! E você, por que achou de escapar?

JOÃO GRILO

Acho que foi de tanta vontade que eu estava de enriquecer! Não terá sido engano seu, Chicó?

CHICÓ

Não, João, tenho certeza absoluta: entrei na igreja, me ajoelhei e prometi.

JOÃO GRILO

Tudo?

CHICÓ

Tudo.

JOÃO GRILO

Ah promessa desgraçada, ah promessa sem jeito, Chicó.

CHICÓ

Mas já foi feita e o jeito é pagar.

JOÃO GRILO

Pagar?

CHICÓ

Sim, pagar!

JOÃO GRILO

Tudo?

CHICÓ

Tudo!

JOÃO GRILO

Ah promessa desgraçada, ah promessa sem jeito, Chicó!

CHICÓ

Está certo, homem, estou tão desgostoso quanto você! Diabo de uma reclamação em cima da gente de minuto em minuto! É melhor deixar de conversa: vamos pagar o que se deve!

JOÃO GRILO

Vamos, não; vá você! Eu não prometi nada e metade do dinheiro é meu!

CHICÓ

É, mas acontece que quando eu prometi ele era todo meu, porque eu me considerava seu herdeiro.

JOÃO GRILO

Eu não tenho nada com isso, não prometi nada.

CHICÓ

Então fique com sua parte e assuma a responsabilidade. Eu vou entregar a minha.

JOÃO GRILO

Chicó!

CHICÓ

Que é?

JOÃO GRILO

Espere por mim, eu também vou!

CHICÓ

Vai?

JOÃO GRILO

Vou.

CHICÓ

Pois eu já estava convencido de que você estava certo.

JOÃO GRILO

É, mas faltou quem me convencesse. Se fosse a outro santo, ainda ia ver se dava um jeito, mas você achou de prometer logo a Nossa Senhora! Quem sabe se eu não escapei por causa disso? O dinheiro fica como se fossem os honorários da advogada. Nunca pensei que essa também aceitasse pagamento!

CHICÓ

João, veja como fala!

JOÃO GRILO

Que é isso, Chicó, está se mascarando? Com Deus, não, mas com Nossa Senhora eu tenho coragem de tirar brincadeira!

CHICÓ

Quer dizer que entrega?

JOÃO GRILO

Entrego. Palavra é palavra, e depois estive pensando: quem sabe se a gente, depois de ficar rico, não ia terminar como o padeiro? Assim é melhor cumprir a promessa: com desgraça a gente já está acostumado e assim pelo menos não se fica com aquela cara.

CHICÓ

É mesmo.

JOÃO GRILO

Pois vamos. Mas de outra vez, veja o que promete, infeliz, porque essa, ah promessa desgraçada, ah promessa sem jeito!

Saem. Entra o PALHAÇO.

PALHAÇO

A história da Compadecida termina aqui. Para encerrá-la, nada melhor do que o verso com que acaba um dos romances populares em que ela se baseou:

Meu verso acabou-se agora,
minha história verdadeira.
Toda vez que eu canto ele,
vêm dez mil-réis pra a algibeira.
Hoje estou dando por cinco,
talvez não ache quem queira.

E, se não há quem queira pagar, peço pelo menos uma recompensa que não custa nada e é sempre eficiente: seu aplauso.

Pano.

Recife, 24 de setembro de 1955.

Tradição Popular e Recriação no *Auto da Compadecida*

Braulio Tavares

Reza a lenda que certa vez um crítico teatral abordou Ariano Suassuna e o inquiriu a respeito de alguns episódios do *Auto da Compadecida.* Disse ele: "Como foi que o senhor teve aquela ideia do gato que defeca dinheiro?" Ariano respondeu: "Eu achei num folheto de cordel." O crítico: "E a história da bexiga de sangue e da musiquinha que ressuscita a pessoa?" Ariano: "Tirei de outro folheto." O outro: "E o cachorro que morre e deixa dinheiro para fazer o enterro?" Ariano: "Aquilo ali é do folheto, também." O sujeito impacientou-se e disse: "Agora danou-se mesmo! Então, o que foi que o senhor escreveu?" E Ariano: "Oxente! Escrevi foi a peça!"

O episódio certamente não aconteceu dessa forma, mas não importa; que sirva este exemplo como ilustração dos comentários que se seguem. A verdade de um episódio assim (que o próprio Ariano nunca conta duas vezes do mesmo modo) não necessita de um registro taquigráfico do diálogo acontecido. É um simples pingue-pongue de ideias que pode ser fielmente reproduzido, sem perda, de dezenas de maneiras diferentes.

De fato, alguns episódios do *Auto da Compadecida* baseiam--se em textos anônimos da tradição popular nordestina.

No primeiro ato, veem-se trechos do folheto *O dinheiro*, de Leandro Gomes de Barros (1865-1918), onde se conta o episódio do cachorro morto cujo dono destina uma soma em dinheiro para que seu enterro seja feito em latim, o que dá origem a uma série de quiproquós eclesiásticos. No segundo ato, o episódio do gato que "descome" moedas e o da falsa ressurreição ao som do instrumento mágico são inspirados no romance popular anônimo *História do cavalo que defecava dinheiro*. E no terceiro ato, o julgamento dos personagens no Céu e a intercessão piedosa de Nossa Senhora, a "Compadecida", correspondem a outro auto popular anônimo, *O castigo da soberba*. Estes três textos-fonte, aliás, são reproduzidos no livro de Leonardo Mota, *Violeiros do Norte*, cuja primeira edição é de 1925; a versão de *O castigo da soberba* foi colhida por Mota junto ao cantador Anselmo Vieira de Sousa (1867-1926).

A reação de estranheza do crítico (supondo-se que o episódio de fato ocorreu) deve-se certamente à frustração de uma expectativa, a de que o autor de um texto teatral deva tirar esse texto inteiro de sua própria cabeça, de sua própria imaginação. Um autor que se apropria de cenas concebidas por outra pessoa pode parecer, por um tal critério, um sujeito meio desonesto. E se confessa abertamente tê-lo feito, parece, ainda por cima, cínico. Este modo de pensar do crítico não é de todo injustificado, porque se olharmos em torno de nós e virmos a pirataria e a picaretagem que campeiam no mundo das artes e da cultura de massas, pensaremos de imediato que é preciso vigiar muito de perto qualquer indivíduo que admita ter-se apossado da criação alheia. Não é isto, entretanto, que ocorre no presente caso.

O *Auto da Compadecida*, como as demais comédias teatrais de Ariano Suassuna, procura recuperar e reproduzir mecanismos narrativos da comédia medieval e renascentista da Europa e da comédia popular do Nordeste. Um aspecto importantíssimo desse tipo de teatro é o seu caráter tradicional e coletivo, no qual a fidelidade a uma tradição é tão importante quanto a originalidade individual — ou mais até — e onde o autor não julga que escreve por si só, mas com a colaboração implícita de uma comunidade inteira.

Note-se que Suassuna não pediu emprestadas cenas de outra peça de teatro, mas sim episódios narrados em verso nos romances populares. O episódio é transposto do verso para a prosa, e da narrativa indireta para a encenação direta. O "cavalo que defeca dinheiro" transforma-se num "gato que descome dinheiro", a rabequinha mágica do romance popular é substituída na peça por uma gaita. O autor da peça apropria-se de episódios já existentes mas não tem com eles a atitude reverente ou respeitosa de autores eruditos que recorrem às "fontes populares". Ele muda o que lhe convém, mantém intacto o que lhe interessa, e parece sentir-se totalmente à vontade com isto.

Ao usar episódios tradicionais, Suassuna adota a mesma atitude apropriativa dos artistas medievais ou nordestinos.

A Tradição é um imenso caldeirão de ideias, histórias, imagens, falas, temas e motivos. Todos bebem desse caldo, todos recorrem a ele. Todos trazem a contribuição de seu talento individual, mas cada um vê a si próprio como apenas um a mais na linhagem de pessoas que contam e recontam as mesmas histórias, pintam e repintam as mesmas cenas, cantam e recantam os mesmos versos. Histórias, cenas e versos são sempre os mesmos, por força da Tradição, mas são sempre outros, por força da visão pessoal de cada artista.

Um folheto de cordel e uma peça de teatro têm, além disso, um elemento em comum: são obras de Literatura Oral que só se transformam em livro por questões de ordem prática: preservação e transporte do texto. Mas um folheto de cordel é feito para ser recitado em voz alta; uma peça é feita para ser encenada por atores. Shakespeare ou José Pacheco podem ser lidos no silêncio de uma sala e dar ao leitor uma experiência recompensadora. Mas não é para este tipo de leitura que tais obras foram escritas, e sim para a transmissão oral, viva, em carne e osso, "som e fúria".

O gesto de Ariano Suassuna ao teatralizar um texto em verso equivale ao gesto do cordelista ao versar uma história em prosa. O verbo *versar* é de uso corrente entre os autores de cordel. Trata-se de pegar uma história já existente, seja um livro ou uma narrativa oral (lenda popular, conto de fadas etc.) e recontá-la em forma de sextilhas. Quando um cordelista versa o *Romeu e Julieta* de Shakespeare, assina-a como obra sua, assim como Shakespeare assinou como obra sua a própria peça, cujo argumento original — a propósito — não é do bardo inglês. Suassuna cita com frequência em suas aulas-espetáculo o caso desse folheto, em que o poeta popular narra a história como ela se passou, mas nos versos finais faz uma ressalva, dizendo que contou a história daquele jeito para ser fiel a ela, mas que não concorda com o final.

O cordelista, ao versar uma história alheia, faz uma distinção intuitiva entre as *peripécias* que são narradas e as *palavras* escolhidas para a narração. Recontar uma história alheia, para o poeta e o dramaturgo popular, é torná-la sua, porque parece existir na cultura popular a noção de que a história, uma vez contada, torna-se patrimônio universal e transfere-se para o domínio público. Autoral, apenas, é a forma textual dada à história por cada um que a reescreveu e reescreverá.

Se isto ocorre com uma narrativa inteira, muito mais frequente é a reutilização de pequenos quadros, de cenas curtas, que podem ser recortadas inteiras de uma obra e coladas em outra sem que o seu sentido se perca. Uma tal sem-cerimônia pode ser vista com restrições na mentalidade autoral que vigora na literatura erudita, na qual a imitação é um defeito, e o plágio, um delito. Mas é um processo de uso generalizado nas artes populares: o circo, o teatro de rua, o cordel, o romanceiro das línguas latinas, as baladas de língua inglesa. Fatias inteiras de uma obra são transpostas para outra e isto é considerado um recurso moralmente legítimo e esteticamente enriquecedor.

Os dramaturgos populares têm mentalidade coletiva; gostam de recorrer a um repertório de motivos que compartilham com seu público. Os *lazzi* (cenas curtas, completas em si mesmas) da commedia dell'arte e as *routines* dos cômicos do teatro de *vaudeville* ou do cinema mudo norte-americano têm o mesmo DNA dramatúrgico dos episódios da gaitinha mágica, do testamento do cachorro e das moedas escondidas no fiofó do gato. São pequenos blocos de engenhosidade narrativa, capazes de serem encaixados em diferentes contextos — um filme, uma peça, um conto em prosa, um folheto em verso, um esquete de palco, uma história em quadrinhos — sem que nada se perca da eficácia de sua construção ou da universalidade de seu entendimento.

Os episódios usados por Ariano têm uma mecânica narrativa simples e divertida, prestam-se à sátira social e lidam com imagens fortes, de impacto imediato. Falsa morte e falsa ressurreição; o dinheiro igualado ao excremento; o ambicioso que engole uma história absurda porque a ambição o cega; os "efeitos especiais" tipicamente de palco (a bexiga com o falso sangue); o cachorro que deixa herança igualado ao gato que descome dinheiro; as sentenças de um juiz severo sendo imediatamente diluídas pelo perdão de um juiz benevolente — são temas e motivos recorrentes no fabulário popular. Sua linguagem é ideogrâmica, visual, palpável e exprime-se mais por imagens concretas (como os "rébus", ou enigmas figurados, das publicações charadísticas) do que por conceitos abstratos.

Incrustados numa estrutura teatral mais ampla e mais encorpada do que a das peças populares, porque se beneficia da identificação do autor com o teatro clássico europeu do Século de Ouro, esses pequenos episódios são como figuras que ilustram um texto, ou como canções já prontas que surgem a certa altura em um musical. Mantêm sua unidade original, mas são revistas noutro contexto, enriquecendo-o e sendo renovadas por ele.

O mesmo processo de apropriação e renovação ocorre com o uso do personagem João Grilo. Ariano já afirmou que ao dar o nome de João Grilo ao protagonista do *Auto da Comparecida* pensava estar fazendo uma ponte entre o seu teatro e o cordel nordestino, numa homenagem ao herói do romance de cordel de João Martins de Athayde (1877-1959), intitulado *As proezas de João Grilo*, e "a um vendedor de jornal astucioso que conheci na década de 1950 e que tinha este apelido". Descobriu depois, através do português José Cardoso Marques, que em Portugal também existia um herói picaresco com este nome.

João Grilo é claramente uma nova encarnação de Pedro Malazarte, talvez o nosso herói espertalhão mais conhecido, e que na Península Ibérica tinha o nome de Pedro Urdemalas. Outro antepassado ilustre seu é Lazarillo de Tormes, o guia de cego que luta para sobreviver no meio da miséria e da violência, sendo forçado a tornar-se sagaz, trapaceiro e por vezes cruel.

Também se relaciona com personagens da commedia dell'arte europeia, como o Arlequim: espertalhão, cheio de espírito lúdico.

Todos são típicos heróis pregadores de peças, e suas vítimas tanto podem ser os ladrões e bandidos como os burgueses ricos e as autoridades. Foram os modelos em que se inspiraram os demais heróis picarescos do cordel: o "Canção de Fogo", dos folhetos de Leandro Gomes de Barros (1865-1918), o "Sabido Sem Estudo", de Manoel Camilo dos Santos (1905-1992), e outros. Cada um deles é uma espécie de reencarnação dos anteriores, mas ao dar-lhe um novo nome o autor meio que se apropria dessas características universais e sente-se à vontade para modificar o personagem de acordo com a sua conveniência.

A interferência mais eficaz feita por Ariano no personagem João Grilo foi dar-lhe um companheiro: Chicó, o mentiroso inofensivo. Inspirado numa figura real que Ariano conhecera em Taperoá, Chicó veio trazer para esse personagem ibérico e cordelesco uma terceira pátria literária: o Circo. Juntos, João Grilo e Chicó reproduzem a tradição circense de mostrar um palhaço espertalhão, cheio de recursos, que gosta de se meter em situações arriscadas, e outro palhaço ingênuo, meio covarde, que se deixa influenciar pelo outro e às vezes acaba atrapalhando-o. Os dois tipos, observa Suassuna, são exemplarmente batizados pelo povo com as denominações de o Palhaço e o Besta.

O modo como Ariano Suassuna utiliza nesta peça episódios e personagens de uma tradição antiga, com séculos de existência, dá-nos um bom exemplo de como recorrer a estas fontes. Copiar, mas transformando. Reutilizar, mas dando sangue novo. Na medida do possível, tentar escrever algo tão novo e tão vivo quanto o original; procurar fazer da cópia uma obra que o autor do original pudesse apreciar com prazer e aplaudir com orgulho.

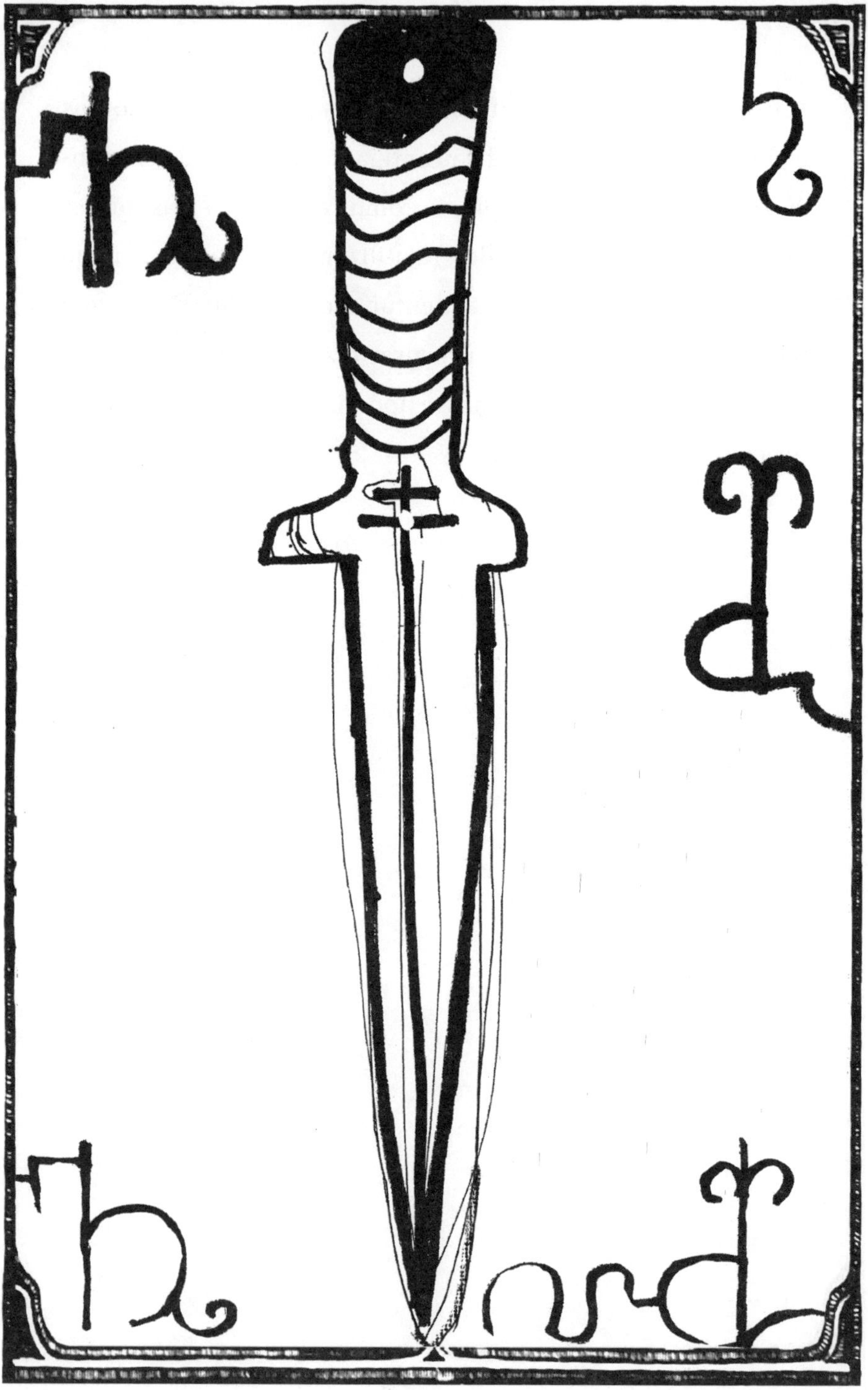

Nota Biobibliográfica

Carlos Newton Júnior

Poeta, dramaturgo, romancista, ensaísta e artista plástico, Ariano Vilar Suassuna nasceu na cidade da Paraíba (hoje João Pessoa), capital do estado da Paraíba, em 16 de junho de 1927. Filho de João Urbano Suassuna e Rita de Cássia Vilar Suassuna, nasceu no Palácio do Governo, pois seu pai exercia, à época, mandato de "Presidente", o que correspondia ao atual cargo de Governador. Terminado seu mandato, em 1928, João Suassuna volta ao seu lugar de origem, o sertão, fixando-se na fazenda "Acauhan", no atual município de Aparecida. Em 9 de outubro de 1930, quando Ariano contava apenas três anos de idade, João Suassuna, então Deputado Federal, é assassinado no Rio de Janeiro, vítima das cruentas lutas políticas que ensanguentaram a Paraíba, durante a Revolução de 30. É no sertão da Paraíba que Ariano passa boa parte da sua infância, primeiro na "Acauhan", depois no município de Taperoá, onde irá frequentar escola pela primeira vez e entrará em contato com a arte e os espetáculos populares do Nordeste: a cantoria de viola, o mamulengo, a literatura de cordel etc. A partir de 1942, sua família fixa-se no Recife, onde Ariano iniciará a sua vida literária, com a publicação do poema "Noturno", no *Jornal do Commercio*, a 7 de outubro de 1945. Ao ingressar na Faculdade de Direito do Recife, em 1946, liga-se ao grupo de estudantes que retoma, sob a liderança de Hermilo Borba Filho, o Teatro do Estudante de Pernambuco (TEP). Em 1947, escreve a sua primeira peça de teatro, a tragédia *Uma Mulher Vestida de Sol*. No ano seguinte, estreia em palco com outra tragédia, *Cantam as Harpas de Sião*, anos depois reescrita sob o título *O Desertor de Princesa* (1958). Ainda estudante de Direito, escreve mais duas peças, *Os Homens de Barro* (1949) e o *Auto de João da Cruz* (1950). Em 1951, já formado, e novamente em Taperoá, para onde vai a fim de curar-se do pulmão, escreve e encena o entremez para mamulengos *Torturas de um Coração*. Esta peça em um ato, seu primeiro trabalho ligado ao cômico, foi escrita e encenada para receber a sua então noiva Zélia de Andrade Lima e alguns familiares seus que o foram visitar. Após *Torturas*, escreve mais uma tragédia, *O Arco Desolado* (1952), para então dedicar-se às comédias que o deixaram famoso: *Auto da Compadecida* (1955), *O Casamento Suspeitoso* (1957), *O Santo e a Porca* (1957), *A Pena e a Lei* (1959) e *Farsa da Boa Preguiça* (1960). A partir da encenação, no Rio de Janeiro, do *Auto da Compadecida*, em janeiro de 1957, durante o "Primeiro Festival de Amadores Nacionais", Suassuna é alçado à condição de um dos nossos maiores dramaturgos. Encenado em diversos países, o *Auto da Compadecida* encontra-se editado em vários idiomas, entre os quais o alemão, o francês, o inglês, o espanhol e o italiano, e recebeu, até hoje, três versões para o cinema. Em 1956, escreve o seu primeiro romance, *A História do Amor de Fernando e Isaura*, que permanecerá inédito até 1994. Também em 1956, inicia carreira docente na Universidade do Recife (depois Universidade Federal de Pernambuco), onde irá lecionar diversas disciplinas ligadas à arte e à cultura até aposentar-se, em 1989. Em 1960, forma-se em Filosofia pela Universidade Católica de Pernambuco. A 18 de outubro de 1970, na condição de diretor do Departamento de Extensão Cultural da Universidade Federal de Pernambuco, lança oficialmente, no Recife, o Movimento Armorial, por ele idealizado para realizar uma arte brasileira erudita a partir da cultura popular. Passa, então, a ser um grande incentivador de jovens talentos, nos mais diversos campos da arte, fundando grupos de música, dança e teatro, atividade que desenvolverá em paralelo ao seu trabalho de escritor e professor, ministrando aulas na universidade e "aulas-espetáculo" por todo o país, sobretudo nos períodos em que ocupa cargos públicos na área da cultura, à frente da Secretaria de Educação e Cultura do Recife (1975-1978) e, em duas ocasiões, da Secretaria de Cultura de Pernambuco (1995-1998 / 2007-2010). Em 1971, é publicado o *Romance d'A Pedra do Reino e o Príncipe do Sangue do Vai-e-Volta*, um longo romance escrito entre 1958 e 1970, e cuja continuação, a *História d'O Rei Degolado nas Caatingas do Sertão – Ao Sol da Onça Caetana*, sairá em livro em 1977. Na primeira metade da década de 1980, lança dois álbuns de "iluminogravuras", pranchas em que procura integrar seu trabalho de poeta ao de artista plástico, contendo sonetos manuscritos e ilustrados, num processo que associa a gravura em offset à pintura sobre papel. Em 1987, com *As Conchambranças de Quaderna*, volta a escrever para teatro, levando ao palco Pedro Dinis Quaderna, o mesmo personagem do seu *Romance d'A Pedra do Reino*. Em 1990, toma posse na Academia Brasileira de Letras, ingressando, depois, nas academias de letras dos estados de Pernambuco (1993) e da Paraíba (2000). Faleceu no Recife, a 23 de julho de 2014, aos 87 anos, pouco tempo depois de concluir um romance ao qual vinha se dedicando havia mais de vinte anos, o *Romance de Dom Pantero no Palco dos Pecadores*.

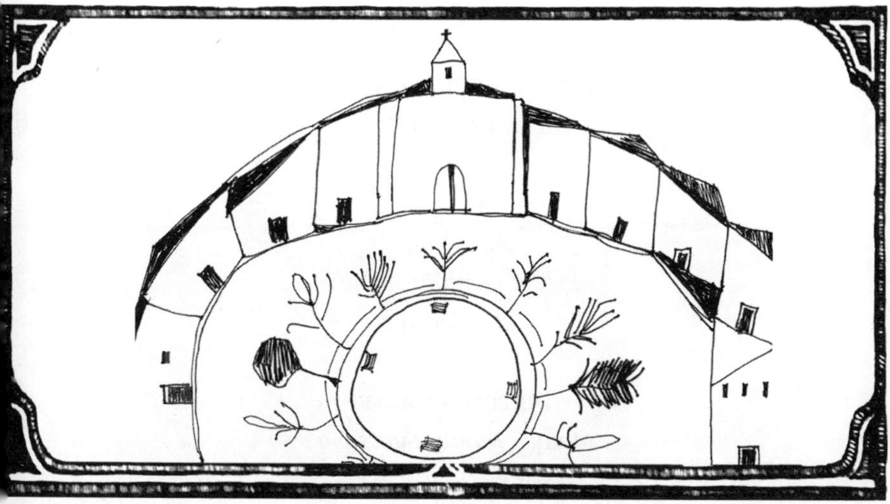

Direção editorial
Daniele Cajueiro

Editora responsável
Janaína Senna

Produção editorial
Adriana Torres
Laiane Flores
Mariana Lucena

Fixação de texto e nota biobibliográfica do autor
Carlos Newton Júnior

Revisão
Ana Grillo
Ester Suassuna Simões
Perla Serafim

Direção de arte
Manuel Dantas Suassuna

Reprodução Fotográfica das Ilustrações
Leo Caldas

Capa e projeto gráfico
Ricardo Gouveia de Melo

Diagramação
Filigrana

Este livro foi impresso em 2024, pela Coan, para a Nova Fronteira.
O papel do miolo é offset 75g/m².